Wenn wir nach den Sternen greifen

1. Auflage 2019

ISBN 978-3-7641-7093-6

Dieses Werk wurde vermittelt durch die Literarische Agentur Kossack.
Lektorat: Angela Iacenda
Umschlaggestaltung: Carolin Liepins
unter der Verwendung von Fotos von © Vladimir Arndt / Shutterstock
und © suns07butterfly / Shutterstock

Druck und Bindung: CPI books GmbH
Gedruckt auf Papier aus geprüfter nachhaltiger Forstwirtschaft.
www.ueberreuter.de

Kathleen Weise

Wenn wir nach den Sternen greifen

ueberreuter

Days Hours Mins Secs
021 04:34:11

18. Juli 2039

Ein strahlend blauer Himmel wölbt sich über uns, und die Luft flimmert über dem Asphalt. Es ist so heiß, dass ich mir trotz Klimaanlage fast die Fingerspitzen am aufgeheizten Armaturenbrett verbrenne.

Leise schließt sich hinter uns das große Tor, doch der Lärm der protestierenden Menge dringt immer noch in den Wagen. Das Gelände ist von einer hohen Mauer umgeben, überall stehen Soldaten mit MPs, um die Anlage vor Terroristen zu schützen. Die Kameras drehen sich wie die Köpfe neugieriger Erdmännchen, und nichts entgeht ihrer Aufmerksamkeit.

So müssen sich Präsidenten fühlen, denke ich. Und irgendwie sind wir ja auch so etwas wie die First Family. Uns fehlt nur noch ein Hund.

Seit Wochen hängen uns die Paparazzi an den Fersen, dabei wissen sie das Wichtigste doch schon: Wir sind die Familie, die zurückbleibt. Was wollen sie noch?

Immer wieder stellen sie uns dieselben Fragen: *Was denken Sie darüber, dass Ihr Mann zum Mars fliegt? Dein Vater wird ein Held sein, was empfindest du dabei? Seid ihr stolz? Glücklich? Unglücklich?*

Ma wird jedes Mal zur Furie, wenn irgendwer mit einem Mikro bei uns auftaucht. Es gibt mehr Bilder von ihr, auf denen sie wütend aussieht, als Fotos in unseren Familienalben. Meistens muss Pa hinterher ein Interview geben, in dem er erzählt, wie toll unsere Familie eigentlich ist. Nur weil der PR-Mann sagt, dass Mas grimmige Blicke unserem Image schaden, und damit dem Image der M-I-S-S-I-O-N. Wir sollen lächeln. Aber im Moment ist uns so wenig nach Lächeln zumute wie nach einem Knochenbruch.

Ich blinzle gegen das Sonnenlicht, das von den weißen Streifen auf dem Asphalt reflektiert wird, und werfe einen Blick zu Ma rüber. Sie sieht immer noch müde aus, ihre Hände krampfen sich um das Lenkrad, dabei lenkt sie gar nicht. Wie von Geisterhand findet der Wagen seinen Weg durch das Gelände, während wir die Aussicht genießen könnten, weil die Route in den Autopiloten gespeist wird. Ma fällt es nur schwer, sich dem Wagen anzuvertrauen. Sie ist noch daran gewöhnt, selbst zu fahren.

Die letzten Minuten hat sie geschwiegen. Ich weiß, dass sie in der Menge vor dem Tor nach Sanja Ausschau gehalten hat. Ein bisschen haben wir wohl beide gehofft, dass sie es sich noch anders überlegt und mit uns kommt. Aber Sanja ist immer noch zu wütend auf Pa.

Gestern ist sie abgehauen. Mit einer Reisetasche voller Klamotten und einem Zettel auf ihrem Bett als Abschiedsgruß. Statt mit uns will sie die nächsten Tage lieber bei ihrem Freund Hanad verbringen. Ma war so sauer darüber, dass sie eine Pfanne quer durch die Küche geworfen hat. Natürlich sind wir sofort zu den Jamas aufgebrochen, aber Mrs Jama hat uns schon an der Haustür abgefangen. Sie hat gemeint, es wäre sinnlos, Sanja in diesem Zustand zur Rückkehr zwingen zu wollen.

»Das Mädchen wird sich schon wieder beruhigen«, hat sie gesagt, während im Hintergrund irgendeine Serie lief und eine Nachbarin uns vom Fenster gegenüber beobachtete.

Die Jamas wohnen in einem der Viertel, die als No-go-Zone für Touristen eingestuft werden. Ein Haus in einer besseren Gegend können sie sich nicht leisten, weil Hanads Vater schon seit einem halben Jahr arbeitslos ist und auch vorher nicht viel verdient hat. Kein Wunder also, dass sie der Mars-Mission skeptisch gegenüberstehen.

»Geben Sie ihr ein bisschen Zeit«, hat Mrs Jama zu uns gesagt, und die tief stehende Sonne hat ihr Gesicht in ein weiches oranges Licht getaucht und die großen Blumen auf ihrer Bluse zum Leuchten gebracht.

Aber genau das haben wir nicht. Zeit. Es gibt keine zweite Chance, um noch ein paar Tage mit Pa zu verbringen. Nach dieser Woche wird er 14 Tage lang in Quarantäne gehen, um anschließend zu einer Mission aufzubrechen, von der niemand sagen kann, ob oder wie er zurückkehrt. Der kleinste Defekt kann dazu führen, dass die Kurssteuerung versagt und das Raumschiff führungslos ins All trudelt, ohne jemals umkehren zu können.

Sanja weiß das. Immerhin ist das der Tag, auf den wir alle seit Jahren warten. Glaubt sie vielleicht, dass Pa alles stehen und liegen lässt, nur um sie nach Hause zu holen? Dann kennt sie ihn schlecht. Sie führt sich auf wie ein bockiges Kind, dabei ist sie schon vierzehn. Und später wird sie bereuen, dass sie sich nicht von ihm verabschiedet hat.

Doch etwas an der Art, wie Mrs Jama Ma angeschaut hat und ihr dabei sanft über den Oberarm strich, hat Ma dazu gebracht, dass sie nicht durchs Haus stürmte, um Sanja am Ohr nach draußen zu ziehen. Stattdessen sind wir wieder nach Hause gefahren. Wir wissen alle, wie stur Sanja sein kann, und meistens ist es besser, abzuwarten, bis sie die Sache selbst einsieht.

Vielleicht ist sie ja auch die Optimistischste von uns allen. Vielleicht ist sie wirklich davon überzeugt, dass Pa nach diesen drei Jahren wiederkommt und ein Abschied nicht nötig ist. Wer kann schon sagen, was in ihrem Kopf vorgeht. Ich jedenfalls nicht. Nicht mehr.

Pa sagt immer, so groß wäre der Unterschied zwischen ihr und mir nicht. Läppische drei Jahre. Aber mir kommt der Unterschied riesig vor. Als wären wir zwei Planeten, deren Umlaufbahnen mal näher und mal weiter voneinander entfernt sind, die sich aber nie treffen. So gibt es wenigstens keine Kollision.

Früher war das anders, da standen wir uns nah, Sanja ist mir hinterhergelaufen wie ein Entenküken seiner Mutter. Aber dann hat sie irgendwann damit aufgehört. Ich kann mich nicht an ein besonderes Ereignis erinnern. Nur daran, dass wir irgendwann kaum noch miteinander geredet haben. Aber wahrscheinlich ist das bei Geschwistern auch normal.

»Wir müssen zu Sektor 4, Bungalow E12«, sagt Ma, als wir die ersten Häuser sehen.

Nicht gerade ein klangvoller Name für ein Urlaubsziel. Und auch noch vor der Haustür. Abgesehen von der Mauer und den Wachen sieht das ganze Gelände allerdings aus wie viele Urlaubsresorts in der Gegend. Weiße Hütten mit Pools, Palmen, Liegestühlen, dazwischen ein Kino, eine Bar, zwei Restaurants, ein Spa und ein Postoffice. Im Moment sind nicht nur die Familien der sechs Astronauten hier, die für die Mission ausgewählt wurden, sondern auch die der nachrückenden Kollegen. Falls es sich jemand anders überlegt und von der Mission zurücktritt oder krank wird oder sonst irgendetwas Unvorhergesehenes passiert. Wie eine verschwundene Tochter zum Beispiel. Insgesamt vierzehn Familien. Ich kenne die meisten. Es ist nicht das erste Mal, dass wir ihnen begegnen. Allerdings gibt es nur zwei *Astrokids* in meinem Alter. Tony und Prianka.

Wir verstehen uns ganz gut. Gut genug, um mit zwölf die ersten Küsse auszutauschen. Bei einer Runde Flaschendrehen, als wir wieder einmal auf die Ankunft einer zurückkehrenden Crew gewartet haben. Ich habe die beiden noch nie außerhalb eines NASA- oder ESA-Geländes gesehen.

Manchmal kommen sie mir vor wie Inventar. Aber wahrscheinlich geht es ihnen mit mir genauso.

Unser Bungalow sieht aus wie alle anderen. Er liegt oberhalb des Strands, und das Kennedy Space Center ist in der Ferne noch zu sehen. Für die nächste Woche ist er unser Zuhause, und einen Moment lang sitzen Ma und ich im Auto davor und starren auf die weiß verputzte Wand, auf der die Fliegen sitzen. Ich lege meine Hand auf ihre, und beinahe fragend sieht mich Ma an.

Wir haben es Pa noch nicht gesagt.

Wir wussten nicht, wie.

»Komm«, sage ich und steige aus.

Der Protestlärm vor den Mauern dringt dumpf bis zu uns vor, wird nur geschwächt durch das Rauschen des Ozeans. Je nachdem, wie ich den Kopf drehe, höre ich das eine oder andere besser. Es riecht nach Meer, und über uns kreisen Möwen und Securitydrohnen.

Als ich das erste Mal nach Florida gekommen bin, konnte ich vom Strand nicht genug bekommen. Alles wirkte so hell im Vergleich zu Köln. Die Sonne gleißte auf den Oberflächen, und die Farben leuchteten so intensiv, dass man immerzu die Augen zusammenkneifen musste. Inzwischen sind vier Jahre vergangen, und ich habe mich an den Anblick dieses unendlichen Blaus gewöhnt. Wenn es vor der Haustür liegt, verliert es seinen Zauber. Vielleicht, weil es immer da ist. Egal was man anstellt, die Wellen werden auch am nächsten Tag noch auf dem Sand ausrollen. Und die

Orangen schmecken auch nicht süßer, nur weil sie oranger sind.

Ich frage mich, ob Pa das Meer vermissen wird, wenn er auf Mission ist. Oder unsere Badewanne. Auch Orangen wird er wohl für eine sehr lange Zeit nicht mehr sehen.

Bei dem Gedanken fällt mir Weihnachten und Omas Glühwein ein, nach dem das ganze Haus roch.

Es werden nicht die ersten Weihnachten sein, die wir ohne Pa verbringen. Wahrscheinlich erzählt uns Ma wieder, dass er die Geschenke im Voraus besorgt hat, obwohl sie selbst losgeht und alles kauft. Als er noch auf der ISS war, hat sie ihm immer eine Nachricht auf der EmotionWall hinterlassen, damit er weiß, was wir kriegen.

Ma öffnet den Kofferraum, und ich drehe mich zu ihr um. Wir nehmen die Koffer, und an der Tür spricht sie ihren Namen ins Bedienfeld, da das Haus durch Stimmerkennung gesichert ist. Mit einem leisen Klicken öffnet sich die Tür, und die klimatisierte Kühle des Hauses empfängt uns.

Ich brauche ein paar Sekunden, bis sich meine Augen an das Dunkel gewöhnt haben. Halb blind laufe ich von Zimmer zu Zimmer, in denen es schwach nach gewischten Böden riecht. Ein flacher Putzroboter steht einsatzbereit in der Ecke.

Es gibt ein Bad mit meerblauen Fliesen, als wäre das ganze Wasser vor der Tür nicht schon genug. Wahrscheinlich kommt man sich ein bisschen wie ein Fisch vor, wenn man in der Badewanne liegt. In der Wand am Fußende der Wanne ist ein sprachgesteuertes Audio-Video-System eingebaut, dessen Bildschirm leicht gekrümmt ist, damit man im Liegen besser sieht.

»Schick«, sagt Ma und verschränkt die Arme, während sie sich an den Türrahmen lehnt.

»Sehr«, antworte ich und lehne mich an die andere Seite.

Eine Weile schweigen wir einfach und lassen die Ruhe des Raums auf uns wirken. Starr wie Fische an Aquarienscheiben.

Dann sagt Ma plötzlich: »Ich wäre gern nach New York gefahren.«

»In der Woche jetzt?«

Sie nickt.

»Warum?«

»Erinnert mich an früher.«

Ich weiß nicht, ob sie damit die ersten Jahre mit Pa meint oder eher ein generelles *Früher*.

»Ich wäre gern nach London gefahren«, erwidere ich. Weil es stimmt.

»Da warst du doch schon dreimal.«

»Du warst doch auch schon in New York.«

Einen Moment lang starren wir noch auf das Blau, dann gehen wir zurück ins Wohnzimmer. Kaum hat Ma dessen Mitte erreicht, bleibt sie wie angewurzelt stehen, als hätte sie verlernt, wie man läuft. Ich will sie in dieser Stimmung nicht allein lassen, deshalb setze ich mich aufs Sofa und lege die Füße auf den Couchtisch. Meine Zehennägel sind glitzerblau lackiert. Als hätte ich versucht, sie den Badezimmerfliesen anzupassen. Das nahe Meer lässt uns offenbar alle unkreativ werden und immer zur prominentesten Farbe greifen.

»Glaubst du, dass Pa noch mal zurück nach Köln gewollt hätte?«, frage ich nach ein paar Minuten, und Ma blinzelt.

»Ihr seid dort geboren, deshalb hängt er daran. Dein Vater kann überall zu Hause sein. Das hier ist sein Zuhause wie jeder andere Ort, an dem er vorher gelebt hat.« Sie zuckt mit den Schultern.

In dem Moment klopft es an der Haustür, und ohne auf eine Antwort zu warten, kommt Tommy »Honey« Koch herein. Ein großer Schwarzer mit sorgfältig gescheiteltem Haar und roter Fliege. Außer ihm kenne ich niemanden, der eine Fliege trägt. Wahrscheinlich haben sie die Entsicherung des Bungalows auf den Sicherheitsbildschirmen gesehen und wissen daher, dass wir hier sind.

Honey ist Pressereferent, und ich habe den Verdacht, dass er deshalb so viel lächelt, weil er von den Leuten immer verlangt, dass sie es tun sollen. Vielleicht will er mit gutem Beispiel vorangehen.

»Willkommen«, ruft er und breitet die Arme aus. Hinter ihm drängeln sich Kameramann und Tonfrau ins Haus.

Ma runzelt die Stirn, als sie das rote Licht der Kamera sieht.

»Nur ein paar Bilder für die Abendnachrichten.«

»Davon, wie wir Koffer auspacken?«

Er spart sich eine Antwort und lächelt noch breiter. Das ist seine Art, mit Ma umzugehen. Er versteht nicht, warum sie nicht gern gefilmt wird. Im Grunde ist er davon überzeugt, dass sich jeder gern im Fernsehen sieht.

Er ist verantwortlich für das, was Ma die *Astronauten-Reality-Show* nennt. Seine Berichte sollen in der Bevölkerung Begeisterung wecken. Die Leute lieben seine Interviews mit den Raumstationen. Er verpasst langweiligem Gesteinsmaterial lustige Namen und fragt die Astronauten nach der Benutzung der anzuschnallenden Toilette oder wie sie sich vor den in der Schwerelosigkeit herumfliegenden Schweißtropfen der Kollegen schützen. Honey sammelt jetzt schon Material für die ersten Tage des Flugs, wenn die Kameras wenig live übertragen, weil niemand sehen will, wie sich die Astronauten übergeben, wenn sie an der Weltraumkrankheit leiden. Durch seine Bilder sieht die ganze Mission aus wie ein riesiger Spaß. Und wir sind Bestandteil dieses Vergnügungsparks.

»Ianthe«, sagt er und wendet sich mir zu.

Ich nehme die Füße vom Tisch. Der Kameramann rückt näher. Ich muss blinzeln. Immer wieder huscht mein Blick zum roten Licht der Kamera. Ich bin es gewohnt, aufgenommen zu werden, aber normalerweise geschieht das nicht so spontan.

»Wie geht es dir, Ianthe?«

»Gut.«

»Freust du dich schon auf den Urlaub mit deinem Vater?«

Er fragt es, als wäre ich sieben. Ich spüre Mas Blick auf mir, und auch ihren Gedanken.

Das hier ist kein Urlaub.

Als wir klein waren und noch in Deutschland gelebt haben, sind wir oft in den Ferien an die Ostsee gefahren. Mit den Füßen im Wasser und diesem dämlichen Strohhut auf dem Kopf hat selbst Pa aufgehört, von den Missionen zu reden. Da waren wir wie alle Familien mit Eis und Pommes.

Ich weiß nicht, was ich sagen soll. Deshalb schweige ich. Honey zieht die Brauen zusammen. Wir sind schwierig. Das mag er nicht. Weil es seinen Job erschwert. Ich würde ihm gern entgegenkommen, aber im Moment weiß ich wirklich nicht, wie.

»Ja, nun«, sagt er. »Gibt es denn schon Pläne, was ihr unternehmen werdet?«

Ich höre mich sagen: »Baden«, und komme mir im selben Moment schon dämlich vor. Was soll man auch sonst an einem Strand machen?

Aber Honey breitet erneut die Arme aus und ruft: »Genau! Die Strände hier sind großartig, nicht wahr? Und an diesem Ort besonders. Ist ja sonst niemand hier.« Er beugt sich vor und lächelt verschwörerisch. »Und? Wirst du ein paar neue Songs komponieren?«

Natürlich kennt er meinen Kanal und die Anzahl der Abonnenten, es gehört zu seinem Job, solche Sachen zu wissen.

»Mal sehen.«

»Das ist doch eine tolle Gelegenheit! Das Meer, die Sonne, da muss man ja kreativ sein.«

Ich weise ihn nicht darauf hin, dass wir das Meer und die Sonne jeden Tag vor der Haustür haben. Genauso wie die Alligatoren und das Koks. Oder die Nachmittagsstürme. Solche Dinge machen sich schlecht in den Medien. Jedes Mal wenn Honey mit uns redet, klingt es, als wären wir erst gestern in den USA angekommen. Als müssten wir noch immer über die Großartigkeit dieses Landes staunen.

Eine Weile stellt er uns Fragen, bis er halbwegs zufrieden mit der Ausbeute unserer Antworten ist. Währenddessen gibt er Anweisungen, wo sich Kamera und Ton positionieren sollen. Wie Schaufensterpuppen schiebt er sie hin und her. Er lässt Ma filmen, wie sie vor dem Wohnzimmerfenster steht. Im Gegenlicht. Damit ihr Gesicht im Schatten liegt und der Zuschauer ihren finsteren Gesichtsausdruck nicht bemerkt. Ich kenne die Tricks. Erle hat mir einiges beigebracht. Jeder Mensch hat eine Schokoladenseite. Und wenn man die nicht einfangen kann, lenkt man den Zuschauer ab. Deshalb bin ich so oft in meinen Clips von vorn zu sehen und niemals von der Seite. Weil ein Stück meines rechten Kiefers nach einem Unfall ersetzt wurde, als ich zwölf war. Knochen aus dem 3D-Drucker. Ma behauptet, dass das niemand sieht. Aber ich sehe es, wenn ich in den Spiegel schaue. Der Kiefer ist größer als der andere, dadurch sehe ich von rechts immer ein bisschen so aus, als würde ich trotzig die Zähne aufeinanderbeißen.

Das ist eine von den Sachen, die ich nicht an mir mag. Die andere ist, dass ich nicht gut in den tiefen Stimmlagen bin.

Wahrscheinlich gibt es auch etwas, das Honey nicht an sich mag. Etwas, das außer ihm niemand sieht. Mir fällt da nichts auf. Nur das Springen in seiner Stimme. Ein merkwürdiges Glucksen, wenn er am Ende eines Satzes angekommen ist. Als würde hinter allem, was er sagt, ein Ausrufezeichen stehen.

Während ich noch darüber nachdenke, kommt plötzlich Pa ins Haus gestürmt. Das weiße T-Shirt hebt sich beinahe leuchtend von seiner gebräunten Haut ab. Inzwischen trägt er die Haare wieder ultrakurz wie bei jeder Mission. Niemand würde ahnen, dass er eigentlich dunkle Locken hat.

»Entschuldigt«, ruft er, »das Training hat länger gedauert.« Er küsst Ma auf den Mund, mich auf den Scheitel, dann stehen wir alle etwas hilflos herum, weil wir nicht wissen, was wir nun machen sollen.

»Wo ist Sanja?«, fragt Pa nach ein paar Sekunden und sieht sich um.

»Später«, erwidert Ma, und Honey ruft: »Sehr schön«, und schiebt Ma näher an Pa heran, damit wir alle drei ins Bild passen. Eine Vorzeigefamilie mit Sonnenlicht im Haar.

Ich stecke die Hände in die Hosentaschen und bin mir bewusst, dass neben mir eine Lücke im Familienbild klafft. Dort, wo normalerweise Sanja stehen würde.

Ungeduldig winkt Ma dem Kameramann, seine Aufnahme zu machen. Danach gibt sie dem Team unmissverständlich zu verstehen, dass es verschwinden soll. Darin ist sie ziemlich gut.

Nachdem das PR-Team endlich gegangen ist, umarmen sich Ma und Pa lange, und ich trinke einen Schluck Wasser.

»Wo ist denn nun die Kleine?«, fragt Pa schließlich, und Ma und ich rücken automatisch zueinander auf. Abwechselnd sieht er uns an.

»Weißt du«, beginnt Ma, dann nimmt sie mir das Wasserglas aus der Hand und trinkt selbst einen großen Schluck.

»Was?« Er sieht mich an.

»Sie kommt nicht«, sage ich.

»Was?«, wiederholt er.

Ich schaue zu Ma, aber die sagt immer noch nichts. »Sie kommt nicht«, antworte ich deshalb ein zweites Mal, und mir wird so schlecht wie nach drei Bier.

Ich hätte nicht gedacht, dass ich mal jemandem so wehtue wie in diesem Moment. Ich kann sehen, wie die Nachricht ins Schwarze trifft.

Pa taumelt einen Schritt zurück, schaut dann auf sein Magmag am Handgelenk, als würde jede Sekunde eine Nachricht von Sanja eintreffen. Aber da ist nichts. Wie erschlagen lässt er sich aufs Sofa fallen, und mir wird zum ersten Mal bewusst, dass es ja nicht nur so ist, dass Sanja sich nicht von ihm verabschieden kann, sondern er sich auch nicht von ihr.

»Sie ist bei Hanads Familie«, erklärt Ma, worauf er fragt: »Weiß Bergelson Bescheid?«

Sie nickt, und es kommt mir so vor, als hätte Sanja unsere Fähigkeit zu sprechen gleich mitgenommen. Wir waren immer stolz darauf, mehrere Sprachen zu beherrschen, Sprache ist unser Ding. Andere Familien gehen gemeinsam Ski fahren, wir lieben Wörter.

Aber jetzt fehlen sie uns.

Mr Bergelson, der Sicherheitsbeauftragte der Mission, hat natürlich davon erfahren, dass Sanja heute Morgen nicht bei uns war, als wir uns vor dem Tor eingefunden haben. Das hätten wir gar nicht verheimlichen können. Ma hat Angst, dass die Sache eskaliert und er Sanja gewaltsam herbringen lässt. Überall sieht der Mann Spione der First-Mother-Bewegung. Mr Bergelson traut es ihnen sogar zu, einen Teenager als Druckmittel gegen die Mission zu verwenden. Ständig hat er Angst wegen möglicher Entführungen. Ma ist sich sicher, dass er zwei seiner Leute abgestellt hat, die jetzt das Haus der Jamas bewachen.

Mir kommt das alles absurd vor, aber dieses Gefühl habe ich schon sehr lange. In den letzten Wochen finden sich immer wieder Hater-Nachrichten von FM-Sympathisanten auf meinen Seiten und in meiner Speakline, die ihren Frust über die Mission bei mir abladen wollen. Manchmal werden sie ganz schön ausfällig, wenn sie sich über Pa oder die anderen Astronauten äußern. Aber Erle ist ziemlich gut darin geworden, diese Kommentare zu löschen und die User sperren zu lassen. Bisher hat mich das nicht weiter beunruhigt, irgendwer hat immer was zu meckern. Damit muss man leben.

Über die First-Mother-Bewegung gibt es viele Gerüchte, und nicht alle sind harmlos. Sie fordern vor allem das Ende der Raumfahrtprogramme, damit das Geld hier auf der Erde eingesetzt werden kann. Für Maßnahmen gegen den Klimawandel, soziale Ungerechtigkeit und Hungersnöte. Weil *Mutter Erde* nun mal unsere erste Heimat war. Um dieses Ziel zu erreichen, heißt es, sind einzelne Splittergruppen sogar bereit, Gewalt anzuwenden. Manche Mitglieder hätten Kontakte zu Terroristen, hat uns Mr Bergelson erzählt.

Sanja behauptet, das wäre nur Propaganda der Regierung, um Stimmung zu machen. Aber wer weiß das schon genau?

»Wir sollten erst mal unsere Sachen auspacken«, schlägt Ma vor und wirft Pa einen Blick zu. Sie streicht mir über den Kopf wie früher, sieht mich dabei aber nicht an.

Während Pa ihr ins große Schlafzimmer folgt und hinter sich die Tür schließt, suche ich mir mein Zimmer aus und hieve den Koffer aufs Bett. Dann setze ich mich daneben. Und bleibe einfach so sitzen. Ich sehe aus dem Fenster in den blauen Himmel und kann mir fast einbilden, dass wir tatsächlich irgendwo im Urlaub sind. Das Einzige, was die Illusion stört, ist das dumpfe Stimmengewirr der protestierenden Menge, das selbst hier im Haus noch an meine Ohren dringt.

Days Hours Mins Secs

020 20:23:57

Natürlich ist an die Decke des Restaurants das Universum gemalt. Spiralnebel, Planeten, Sterne und Sonnen leuchten über unseren Köpfen und lassen nicht eine Minute zu, dass wir auf andere Gedanken kommen. Wenigstens die dunklen Korbsessel sehen bequem aus.

Die Tische stehen weit genug voneinander entfernt, dass die Gespräche unbelauscht bleiben, aber es gibt keine Nische, um sich zu verstecken. Jeder kann jeden sehen, ob er will oder nicht.

Ich erkenne Tony schon auf den ersten Blick. Er wirkt genauso missgelaunt wie immer, wenn ich auf ihn treffe. Mit verschränkten Armen sitzt er neben seiner Mutter, damit er nicht neben seinem Vater sitzen muss, die langen Beine unter dem Tisch ausgestreckt. Das schwarz gefärbte Haar hängt ihm in stumpf geschnittenen Strähnen ins Gesicht. Als wir eintreten, schaut er auf. Genauso wie die anderen Leute im Raum.

Pa hebt die Hand, um mit einer Geste alle zu begrüßen. Seine Kollegen nicken, ihre Partner lächeln, und die Kinder ignorieren uns. Nur Tony steht auf und schlendert zu uns rüber.

»He«, sagt er und stellt sich neben mich.

»He«, gebe ich zurück und hake die Finger in die Gürtelschlaufen.

Ma rollt mit den Augen und zieht Pa zu einem freien Tisch, während Tony und ich ihnen nachsehen und ich mir ein bisschen so vorkomme, als würde ich mir eine Schulaufführung ansehen. Tony und ich sind das Publikum und alle anderen die Schauspieler. Nur wie das Stück heißt, weiß ich noch nicht.

»Und? Wie geht's so?«, fragt mich Tony nach einem Moment, während wir nebeneinanderstehen und sich unsere Ellbogen berühren. Sein Blick ist auf seinen Vater gerichtet, der mit ausladenden Bewegungen eine Geschichte zum Besten gibt. Das tut er gern. Und vor allem gut. John ist ziemlich lustig. Der Einzige, der das nicht findet, ist Tony.

Ich zucke mit den Schultern, weil ich nicht weiß, was ich sagen soll, aber Tony nickt. Er versteht auch so.

»Ich habe Whiskey dabei. Wenn du magst«, sagt er.

»Wie hast du den denn reingekriegt?«

»In Sarahs Milchpulververpackung.«

Darüber muss ich so lachen, dass ich mich verschlucke. Der arme Mr Bergelson. Wenn er davon erfährt, trifft ihn der Schlag.

Tony hat einen zwölfjährigen Bruder und eine einjährige Schwester, eine kleine Nachzüglerin, die nicht geplant war. Ich werfe einen Blick zu ihrem Tisch rüber, aber Sarah ist nicht zu sehen. Wahrscheinlich schläft sie schon und ein Babysitter passt auf.

Ein bisschen beneide ich das Baby. Wenn die Mission schiefläuft, wird sie sich nicht an ihren Vater erinnern.

»Hast du Prianka schon gesehen?«, frage ich und schaue Tony nun doch an. Das Zornbeben geht noch stärker von ihm aus als noch vor einem Jahr. Da ist diese Wut, die ihm unter der Haut sitzt wie ein Parasit. Jedes Mal, wenn man ihn ansieht, hat man das Gefühl, dass er gleich explodiert. Aber noch ist die Bombe nicht hochgegangen.

Er schüttelt den Kopf. »Die kommt erst morgen. Keine Ahnung, warum.«

»Dann morgen Abend am Strand?«

»Von mir aus.«

»Gegen elf?«

Er nickt, wirft mir einen Seitenblick zu und reibt sich die Nase. Ich warte darauf, dass er noch etwas sagt, aber das tut er nicht. Vielleicht geht es ihm ganz anders als mir und er hat das Gefühl, dass wir die Schauspieler sind und alle anderen das Publikum. Es war ihm schon immer unangenehm, beobachtet zu werden. Er ist so gut darin, zu erkennen, wann eine Kamera auf ihn gerichtet ist, und sich aus dem Bild zu schleichen, dass es kaum Fotos von ihm im Netz gibt. Sein Vater nennt ihn deshalb manchmal *Ghostboy*.

Ich remple ihn ein letztes Mal an und gehe dann zu Ma und Pa, die die Köpfe zusammengesteckt haben und über das Essen diskutieren. So ist es immer. Ma bestellt das, was sie schon kennt, und am Ende will sie das, was Pa hat. Deshalb muss er etwas aussuchen, das sie auch mag.

Ich setze mich und beobachte, wie Tony langsam zurück an seinen Platz geht. Er scheint es nicht eilig zu haben. Als er den Stuhl zurechtrückt, sieht John kurz auf, ohne seine Erzählung zu unterbrechen. Die anderen lachen Tränen über das, was er sagt. Tonys Gesicht bleibt starr.

»Alles okay bei ihm?«, fragt mich Ma, und ich nicke.

»John hat erzählt, dass er Probleme in der Schule hat«, mischt sich Pa ein. »Er wird wohl den Abschluss nächstes Jahr nicht schaffen, wenn er so weitermacht.«

»Er hat nur keinen Bock auf die Leute«, nehme ich Tony in Schutz. Ich weiß, dass er nicht dumm ist, das war er nie. Aber er ist schnell gelangweilt, vor allem von anderen Menschen.

»John macht sich trotzdem Sorgen.«

Dann sollte er vielleicht hierbleiben, denke ich, spreche es aber nicht aus. Darüber will ich jetzt nicht diskutieren. Mir reichen schon die Sonnen über unseren Köpfen. Wenigstens essen sollten wir können, ohne dass jeder Bissen nach Henkersmahlzeit schmeckt.

Ich bestelle Yams mit Reis, weil mir nach etwas Süßem ist. Ma bestellt sich einen Lychee-Martini, den sie ausgetrunken hat, bevor das Essen kommt. Also bestellt sie noch einen, und Pa sagt: »Lea.« Worauf Ma erst die Stirn runzelt und dann den Kopf in die Hand stützt. Im Licht des Spiralnebels, der direkt über unserem Tisch hängt, glänzen ihre kurzen braunen Locken und die silbernen Kreolen an ihren Ohren.

Ma ist immer noch sehr hübsch, finde ich. Pa seufzt und küsst ihre freie Hand, die auf der Tischdecke lag. Ob er

Angst hat, dass sie einen anderen Mann kennenlernt, während er fort ist?

Wenn sie von der Mission redet, klingt es immer so, als wären drei Jahre gar nichts. Sie macht schon jetzt Pläne, wohin wir danach in den Urlaub fahren, als wäre das alles in ein paar Augenblicken vorbei. Als wären wir dann alle noch hier und würden auf Pa warten. Aber ich weiß nicht, wo ich in drei Jahren sein werde. Drei Jahre erscheinen mir eine lange Zeit. Ma will, dass ich nächstes Jahr meinen Highschoolabschluss mache und danach studiere. Entweder auf einem Musik-College hier in den Staaten oder auch an einer Kunsthochschule in Europa. Sie weiß noch nichts von dem Angebot, das ich vor ein paar Tagen bekommen habe. Und ich weiß nicht, ob ich studieren will.

Ich greife über den Tisch nach Mas Glas und koste von ihrem Martini. Pa zieht die Augenbrauen zusammen, aber Ma sagt nur: »Ist schon okay. Die werden dich nicht verknacken, weil du deine Tochter mal vom Alkohol kosten lässt.«

Es irritiert sie ungemein, dass sich dieses eine Gesetz in den USA so lange hält, obwohl sich so viele andere ändern. Mit achtzehn bekomme ich keinen Alkohol im Restaurant, dabei stoßen wir daheim schon seit meinem sechzehnten Geburtstag mit Sekt an.

Aber das ist eines dieser Dinge, von denen Pa keine Ahnung hat. Manchmal, wenn er weg ist, trinken Ma und ich jede einen Piccolo-Sekt. Abends, wenn Sanja längst im Bett ist. Dann setzen wir uns auf dem Teppich im Wohnzimmer gegenüber, beide im Schneidersitz, sodass sich unsere Knie berühren, und reden über die Serien, die wir gerade schauen oder Mas Arbeit und meine Musik. Dabei trinken wir den Sekt und essen Bruchschokolade. Das ist unser Ding. So wie der Magic Kingdom Park in Orlando Sanjas und ihr Ding sind. Oder die Sonntagmorgen im Bett Pas und ihr Ding.

Ich glaube nicht, dass Ma die Sonntagmorgen der nächsten drei Jahre besonders mögen wird.

Das Essen ist klasse, und wir schaffen es, eine Dreiviertelstunde nicht von der Mission oder Sanja zu reden. Was irgendwie ein und dasselbe ist. Doch dann tritt Mr Bergelson an unseren Tisch. Keiner von uns hat ihn kommen sehen, und wir zucken alle zusammen, als er uns plötzlich anspricht. Er schaut ziemlich ernst und hat die Hände hinter dem Rücken verschränkt. Während er spricht, konzentriert er sich ganz auf Pa, sie flüstern. Trotzdem verstehen Ma und ich, dass es um Sanja geht.

Die Security weiß über jede Bewegung Bescheid, sie lassen die RFID-Tags verfolgen, die in der Kleidung eingenäht sind, und haben Zugang zu den unzähligen Sicherheits- und Verkehrskameras, die in den Straßen hängen. So leicht kann man zwischen Hochhäusern, Garagen und Fabrikhallen nicht verloren gehen. Obwohl das Straßennetz mit seinen Kellern, Häusereingängen und Hinterzimmern dem Gangsystem einer Wühlmaus gleicht, wissen sie doch, wo genau sich die Maus gerade versteckt.

Mr Bergelson ist sich sicher, dass es Sanja gut geht. Sie haben sie im Blick. Er sieht überzeugt aus, aber das tut er die meiste Zeit. Manchmal denke ich, dass er nur diesen einen ernsten Ausdruck beherrscht.

Auf seiner Nase glänzt der Schweiß. Trotz Ventilator an der Decke ist es schwül, das bringt das Klima mit sich. Mir läuft der Schweiß auch über den Rücken, und ich kann den Blick nicht von Bergelsons Gesicht abwenden. Jedes Mal, wenn wir ihn sehen, schwitzt er so sehr, dass er aussieht wie lackiert, dabei ist er ein kleiner drahtiger Kerl. Man könnte ihn leicht übersehen. Vielleicht hilft das in seinem Job.

Geistesabwesend kratzt sich Ma den Oberarm. Eine Mücke hat sie erwischt, und an der Decke summen schon wieder die Moskitos. Auch an meiner rechten Ferse bildet sich eine schmerzhafte Blase, denn am Morgen bin ich vor lauter Aufregung in die neuen Sandalen geschlüpft. Ich widerstehe dem Drang, mich vorzubeugen und zu kratzen.

»Mrs Hammerschmidt?«

Ma sieht auf. Sie kneift die Augen zusammen. Es ärgert sie, dass er sie mit dem falschen Namen anspricht, immerhin haben Pa und sie nie geheiratet. Sie öffnet den Mund, schließt ihn wieder und lässt die Schultern sinken. Unter den Sommersprossen, die wir teilen, ist sie blass.

Mr Bergelson wünscht ihr einen angenehmen Abend und wirft mir einen kurzen Blick zu, als überlege er, ob er auch noch etwas zu mir sagen müsste. Einen Moment lang starren wir uns über den Tisch hinweg an. Beinahe erwarte ich, dass er mir »viel Glück« wünscht, weil er nicht weiß, was er sonst sagen soll. Am Ende blinzelt er nur, nickt einmal und geht.

Draußen stürzen sich die Fliegen auf die Lampe an der Terrassentür. Das Zischen beim Verbrennen ihrer Flügel klingt wie die Bassline von *Pioneer Square*, diesem Song, der im Moment gerade überall rauf- und runterläuft.

Nachdem er das Restaurant verlassen hat, sagt Ma: »Ich weiß nicht, Agan«, schaut Pa an, und bestellt noch ein Glas Martini. Drei in einer Stunde sind selbst für sie ein neuer Rekord. Sie sieht verärgert aus, aber mir ist nicht klar, auf wen sie sauer ist. Die Security, weil sie Sanja überwachen; Pa, weil er nichts dazu sagt; oder Sanja, weil sie abgehauen ist.

Vorsorglich wechselt Pa das Thema und fragt mich, ob ich an einem neuen Song schreibe. Das fragt er immer, wenn er nicht weiß, worüber er sonst mit mir reden soll. Als ich klein war, hat er mich während einer Mission immer nach meinen Haustieren gefragt. Damals habe ich dann minutenlang erzählt, was die Kaninchen gegessen haben oder dass der Nachbarshund beinahe eins gefressen hat. Irgendwann habe ich dann keins mehr nachgeholt, nachdem das letzte an einer Infektion gestorben ist. Es hat noch ein halbes Jahr gedauert, bis Pa aufgehört hat, nach ihm zu fragen, weil er sich einfach nicht merken konnte, dass es längst tot war.

Eine halbe Stunde halten wir noch am Tisch aus, dann verlassen wir das Restaurant. Beim Vorübergehen kriege ich mit, wie John schon wieder eine Geschichte zum Besten gibt, oder immer noch dieselbe, und Tony immer noch so aussieht, als gingen die Leute am Tisch ihn gar nichts an. Er wirft mir einen kurzen Blick zu und starrt dann an die Decke, an der eine blasse Sonne schwebt.

An manchen Tagen kommt mir Tony wie ein schwarzes Loch vor. Das die Freude um sich herum einfach aufsaugt.

Langsam schlendern wir zurück zum Bungalow. Es ist immer noch schwül, in der Ferne leuchten die Lichter des Launch Complex 39. In der Nacht sieht er wunderschön aus und gar nicht wie die Todesfalle, die er sein kann.

Die Protestrufe vor der Mauer sind vorerst verstummt, nur unbestimmtes Gemurmel dringt noch zu uns vor, und das Rauschen des Meeres begleitet uns bis zum Bungalow.

Ma und Pa sind aufgewühlt, auf dem ganzen Weg zurück fällt kein einziges Wort zwischen ihnen, deshalb gebe ich jedem einen Kuss, sobald wir über die Schwelle getreten sind. Ich will mich in mein Zimmer verziehen, damit die beiden Zeit füreinander haben, aber Pa hält mich auf und drückt mich lange an sich. Dann lächelt er schief. Im Licht der grellen Flurbeleuchtung erscheint er mir auf einmal älter als noch vor wenigen Stunden. Die Falten um seine Augen sind tief und ziehen sich bis an die Schläfen. Das ist mir vorher nie aufgefallen. Ich frage mich, welche Falten sich fern von uns in sein Gesicht graben werden.

Über seine Schulter kann ich durch die offene Schlafzimmertür sehen, wie Ma die Nachttischlampe anschaltet und warmes Licht aufs Bett fällt. In meinem Kopf höre ich eine Melodie, wenige Töne, die wie die ruhig wabernden Schatten um sie herum sind. Ma klingt immer hell, selbst mitten in der Nacht.

»Mach nicht mehr so lange«, sagt Pa und küsst mich noch einmal auf den Scheitel.

Ich schüttle den Kopf und drehe mich um. Als ich die Tür hinter mir schließe und für einen Moment im Dunkel meines Zimmers stehe, frage ich mich, ob das Gefühl, das in mir aufsteigt, Wut ist und ob es vielleicht das ist, was Tony die ganze Zeit empfindet.

Die nächste Stunde verbringe ich vor dem Magmag, um mit Lela zu quatschen. In der Nachmittagssonne gleißen ihre roten Haare, und auf der Stirn sind noch immer Reste ihrer Sonnencreme zu sehen. Wir hören nicht oft voneinander, weil es uns der Zeitunterschied zwischen Florida und Deutschland manchmal schwer macht, genügend Zeit zu finden. Aber sie ist meine älteste Freundin, und immer wenn mich Sehnsucht nach Köln überkommt, schicke ich ihr eine Nachricht.

Diesmal hat sie sich jedoch sofort gemeldet. Ellenlang erzählt sie mir von irgendwelchen Klausuren und ich höre geduldig zu. Ich bin froh, einmal nicht von der Mission reden zu müssen, und Lela kennt mich lange genug, um zu wissen, wann sie mich einfach ablenken soll. Im Hintergrund kann ich das gerahmte Foto erkennen, das neben dem

Fenster hängt. Wir zwei als Kindergartenkinder, wie wir uns lachend unter dem Strahl eines Gartenschlauchs hindurchducken.

Irgendwann muss sie dann los, ins Kino mit Freunden, sie wirft mir einen Luftkuss zu und trennt mit einem Wort die Verbindung. Mein Lächeln hält sich noch ein paar Sekunden, nachdem das Gespräch längst beendet ist. So ist das immer mit ihr. Lela erwartet nichts von mir, und sie ist auch nicht richtig beeindruckt, nur weil ich irgendwo auftrete. Manchmal habe ich große Lust, mit ihr noch mal durch eine Wasserfontäne zu laufen.

Kurz vor Mitternacht klingelt noch einmal mein Magmag. Eigentlich will ich nicht mehr rangehen. Der Tag hat mich angestrengt, und meinen Freunden habe ich gesagt, sie sollen mich die Woche in Ruhe lassen. Doch als ich auf das Display sehe, steht dort eine unbekannte Nummer.

Mir klopft das Herz bis zum Hals, als ich das Gespräch annehme. Das Display flackert, dann sehe ich Sanjas Gesicht. Sie sitzt in einem schummrigen Raum, die dunklen Locken hinter die Ohren geklemmt, sodass es ein bisschen so aussieht, als hätte sie abstehende Ohren. Die Haut am Hals hat rote Flecken, wahrscheinlich hat sie sich gekratzt, wie sie es immer tut, wenn sie nervös ist.

»Hallo«, sage ich und setze mich auf. Ich hab noch nicht geschlafen, aber im Liegen Musik gehört.

Ein paar Sekunden verstreichen, bevor Sanja leise antwortet: »Hey.«

Im Hintergrund sitzt Hanad am Schreibtisch und tippt etwas in sein Magmag. Er ignoriert mich, grüßt nicht, schaut nicht mal in meine Richtung. Das Licht der kleinen Schreibtischlampe erzeugt einen merkwürdigen Heiligenschein um Sanjas Kopf.

Für mich sieht Hanad aus wie die meisten Jungs in seinem Alter. Irgendwie immer halb gelangweilt und halb aufgeregt. Seine dunkle Haut spannt sich über Muskeln und Sehnen, als hätte sie Schwierigkeiten gehabt, mit dem schnellen Wachstum mitzuhalten. Er steht oft ein wenig nach vorn gebeugt wie viele große Menschen, und wenn er etwas auf seinem Magmag tippt, tut er es mit den Zeigefingern. Eine merkwürdige Angewohnheit.

Seinetwegen interessiert sich Sanja für die FM. Seinetwegen hat sie aufgehört, 500-Dollar-Sneakers aus Sondereditionen zu tragen. Weil sich seine Familie solche Sachen nicht leisten kann. Mir fällt auf, dass sie eines seiner Hemden über ihrem Shirt trägt. Es ist aus Lyocell, wie die meisten seiner Sachen, weil Baumwolle zu teuer ist.

In den letzten Monaten hat sie viel Zeit damit verbracht, uns solche Sachen zu erklären. Sie liest Bücher über Social Justice, geht auf Demos und hilft an den Wochenenden oft in den Suppenküchen aus. Ma und Pa sind so stolz auf sie gewesen, und Opa hat immer wieder gesagt: »In dem Alter, Mensch, das Kind wird mal Präsidentin!«

Aber offenbar haben wir die falschen Schlüsse daraus gezogen. Hat doch keiner gedacht, dass sie wirklich Ernst macht. Ausgerechnet jetzt. Früher war sie selbst so verdammt stolz auf Pa, weil er Astronaut ist und sein Gesicht auf unserem Fernsehbildschirm erschien.

Auch ich bin eine Weile still, deshalb fragt sie irgendwann: »Bist du noch dran?«

»Mhm. Siehst mich doch noch, oder?«

Sie atmet tief durch.

Ich spüre die seltsame Spannung zwischen uns. »Alles okay?«

»Denke schon.«

»Hast du was gegessen?«

»Bist du jetzt Mama, oder was?« Irritiert winkt sie ab. »Ich habe mit Hanads Familie gegessen, die sind echt nett.«

Ich werfe wieder einen Blick zu ihm, aber er reagiert nach wie vor nicht. »Komm nach Hause«, sage ich deshalb leise.

»Ihr seid nicht zu Hause.«

»Du weißt doch, was ich meine. Sei nicht bockig.«

Das hätte ich wohl nicht sagen sollen, denn sie stößt einen Laut der Ungeduld aus und fährt mich an: »Ich bin nicht bockig. Nur weil ich nicht eurer Meinung bin, heißt das nicht, dass ich Unsinn erzähle.«

»Darum geht es doch gar nicht.« Jetzt ist es an mir, zu seufzen. Ich stecke die Füße unter die Decke und lehne mich am Bettende an die Wand. Neben mir liegt der Silver Orb, meine Finger spielen mit der Oberfläche, ohne ihn anzuschalten. Es beruhigt mich immer, wenn ich ihn in der Hand halte.

»Nein, es geht darum, dass ihr alles schluckt«, sagt sie wütend.

Ich frage mich, ob ihr klar ist, dass sie gerade die letzte Chance verpasst, Erinnerungen an Pa zu sammeln. Ich frage mich, ob sie weiß, wie sehr es ihn verletzt, dass sie nicht gekommen ist. Und ich frage mich, ob sie auch diese Leere neben sich spürt, an der Stelle, an der ich neben ihr auf dem Bett sitzen würde.

»Am Ende läuft es doch darauf hinaus, dass er uns einfach nicht genug liebt«, sagt sie völlig unvermittelt und klingt dabei verbittert und alt.

Das überrascht mich so sehr, dass ich mich vor Schreck verschlucke.

Während ich huste, setzt sie nach: »Er hat an diesem Haufen Staub doch immer mehr gehangen als an uns. Erinnerst du dich noch daran, als er die beiden Male auf der ISS war?« Sie starrt mich an.

Ich erinnere mich gut. Jede Mission dauerte ein halbes Jahr. Ich erinnere mich sogar noch an die beiden Male auf dem Mond, aber dafür ist sie zu jung. Es kam mir oft so vor, dass Pa mehr unterwegs war als bei uns. Er hat viele Feiern verpasst, Schulwettbewerbe und die meisten meiner Konzerte. Er war so lange in Trainingscamps, dass wir mehr Videobotschaften zu unseren Geburtstagen erhalten haben als richtige Geschenke. Stattdessen bringt er uns nach jedem Einsatz etwas aus dem All mit. Ich habe ein ganzes Regal voller Staub, wie Sanja sagt. Mich hat das nie richtig gestört, es war eben seine Art, uns wissen zu lassen, dass er an uns denkt. Aber ich verstehe auch, dass sie manchmal gern einfach einen Gutenachtkuss gehabt hätte. Und nicht einen Vater, der Tausende Kilometer weit weg ist.

Honey nennt die Astronauten in seinen Berichten immer die »Abgesandten der Menschheit«, aber irgendwie wirken sie dadurch überhaupt nicht wie Menschen, sondern nur wie Roboter. Die Leute behaupten oft, dass es doch gar nicht so schlimm ist; dass drei Jahre und ein halbes Jahr gar keinen so großen Unterschied machen. Zeit vergeht schließlich. Der Unterschied ist jedoch, dass wir ihn auf der ISS immer noch sehen konnten. Wenn wir nachts in den Sternenhimmel geschaut haben, hatten wir das Gefühl, dass er auf uns herabblickt. Wir konnten immer noch mit ihm reden.

Auf dem Mars ist das nicht mehr möglich. Wenn er mich nach einem neuen Song fragt, dauert das eine halbe Ewigkeit, bis die Frage mich erreicht. Was lässt sich schon klären, wenn man 22 Minuten auf eine Frage warten muss und 22 Minuten braucht, um die Antwort zu geben? Das reicht nicht mal für Kaninchenberichte.

»Ich muss jetzt Schluss machen«, sagt Sanja, und ich habe das Gefühl, dass sie darauf wartet, dass ich etwas erwidere.

Aber was? Warum hat sie angerufen? »Meldest du dich noch mal bei Pa?«

»Sag ihm einfach, dass es mir gut geht.«

»Das ist nicht dasselbe.«

Mit vorgeschobener Unterlippe sieht sie mich trotzig an.

»Mr Bergelson hat dich im Visier«, schiebe ich nach, weiß aber nicht, warum ich ausgerechnet damit anfange.

»Hanad hat mich schon gewarnt.«

Gewarnt wovor? Dass sie Sanja doch noch auflesen und schreiend und strampelnd hierherbringen werden?

»Komm doch her«, sage ich, und es ist mir egal, dass es nun wie Betteln klingt.

»Nein, dafür ist es zu spät.«

»Es ist nicht zu spät. Wenn Pa denen sagt, sie sollen dich reinlassen, dann klappt das auch.«

»Die haben doch viel zu sehr Schiss, dass sie ihnen was in die Luft sprengt«, schaltet sich Hanad zum ersten Mal ein.

»Das ist doch Quatsch!«

»Kein Quatsch.« Wie in Zeitlupe dreht er mir das Gesicht zu. »Die wissen, dass die Leute sauer sind.«

»Welche Leute denn?«, entgegne ich wütend, weil Hanad redet wie ein Politiker.

»Leute eben.« Er zuckt mit den Schultern. »Die wissen genau, dass ihre Mission sinnlos ist. Die können doch sowieso keine Rohstoffe auf dem Mars abbauen oder Kolonien gründen. Wozu fliegen sie dann also hin, kannst du mir das mal verraten?«

»Weil das eine einmalige Chance für die Menschen ist, Wissen zu sammeln«, antworte ich und hasse mich selbst dafür, dass ich klinge wie ein Werbespot.

Aber genau das ist es, was Pa uns immer gesagt hat. Wer auf dem Mars landen will, muss sich etwas einfallen lassen, weil es so schwierig ist. Und von diesen Einfällen und Erfindungen profitieren dann alle. Erst nachdem sie auf den Mond und daran vorbei geflogen waren, wurden Quarzuhren, Herzschrittmacher, kabellose Staubsauger und Solarzellen erfunden.

Natürlich könnte man Roboter schicken, aber Pa sagt, ohne Menschen geht es letzten Endes nicht. Noch immer gibt es Dinge, die nur wir können, kein Roboter. Intuitiv handeln zum Beispiel.

So wie Hanad, der abwinkt und sich wieder umdreht. Für ihn bin ich wohl ein hoffnungsloser Fall.

»Du verstehst das nicht, Ianthe«, sagt Sanja. »Dich interessiert ja sowieso nur deine Musik. Aber hier läuft wirklich einiges schief. Die FM hat völlig recht, es wird ein Haufen Geld verschwendet, den wir hier bräuchten.«

Kann schon sein, dass ich nicht immer die Aufmerksamste bin, wenn ich an meiner Musik arbeite, weil sie mir eben am wichtigsten ist. Aber ich bin auch nicht blind und blöd. Ich weiß, dass Florida vom Trinkwassermangel bedroht ist. Dass immer mehr Leute an Infektionskrankheiten sterben, weil sich antibiotikaresistente Supererreger breitmachen, und die Arbeitslosenquote zu hoch ist. Ich denke nur nicht, dass sich daran etwas ändert, wenn ich Pa nicht verabschiede.

Sanja streicht sich die Haare hinter die Ohren, die sich durch die Bewegungen gelöst haben, während ich krampfhaft überlege, was ich noch einwerfen kann, um sie zu überzeugen.

Am Ende sage ich einfach: »Melde dich wenigstens bei mir, okay?« Dann kann ich vielleicht eine Brücke zu Pa sein.

Sie nickt, und wir legen auf. Die Stille im Zimmer drückt mir unangenehm in den Ohren. Das Display an der Wand ist stumm geschaltet, aber auf einmal sehe ich mich selbst in den Spätnachrichten. Wie ich auf dem Sofa im Wohnzimmer hocke. Das Gesicht zu einer merkwürdigen Grimasse zwischen Lächeln und Stirnrunzeln verzogen. Meine krumme Haltung lässt mich aussehen wie einen Shrimp. Und ich habe auch noch dessen blassrosa Farbe.

Im Gegensatz zu mir wird Sanja schön braun im Floridalicht. Das hat sie von Pa. Ich hingegen komme mehr nach Mas Seite. *Partshrimp.*

Ich schalte die Deckenlampe aus, das Licht des Fernsehers zuckt über den Boden und erinnert mich an Polarlichter. Das Interview ist beendet, und die News wechseln zu einem Erdbeben in Thailand. Ich habe keine Lust, die Kommentare auf meinen Kanälen zu lesen, um zu erfahren, ob meine Follower unser Interview für die News mochten oder nicht. Für eine Weile will ich einfach mal allein sein.

Und auf einmal sind sie da, die ersten Zeilen eines neuen Songs. Irgendwo zwischen Kopf und Bauch schwimmt da diese Melodie und zieht die Worte wie an einer Leine hinter sich her.

Our last goodbye
two hands on glass
in a flurry of camera flashes.

Days Hours Mins Secs
020 07:18:33

Am Morgen komme ich in die Küche und Pa backt Brötchen auf. »Wie früher«, sagt er und meint damit: in Deutschland. Hier haben sie es mit dem Brot nicht so.

Er hat die Arbeitsplatte mal wieder so hoch fahren lassen, dass Ma und ich uns wie Zwerge vorkommen und sie dann wieder tiefer stellen müssen. Das Summen der Küchenelektronik wird mir fehlen, wenn er weg ist.

Ma sitzt auch schon am Küchentisch und trinkt Kaffee. Sie sieht immer noch müde aus. Wir schlafen beide schlecht in letzter Zeit. Manchmal treffen wir uns mitten in der Nacht auf dem Flur, weil sie in die Küche geht, wenn ich vom Klo komme.

»Wollen wir nachher zum Strand runter?«, fragt Pa, und wir zucken synchron mit den Schultern. Er schaltet den Ofen aus, während ich mich an den Küchentisch setze und von Mas Kaffee nippe.

»Wie hast du geschlafen?«, fragt sie.

»Ganz gut.«

Sie gießt mir eine eigene Tasse Kaffee ein, und ich sage: »Sanja hat gestern angerufen.«

Die beiden halten inne und schauen mich an.

»Hatte auch schon was gegessen.«

Ein paar Herzschläge lang bewegt sich niemand, dann nickt Ma, und Pa öffnet die Ofentür.

»Hat sie noch was gesagt?«, fragt er.

»Nein.« Jedenfalls nichts, was er hören will.

Kurz ballt er die Hände zu Fäusten, dann holt er das Blech aus dem Ofen.

Jetzt ist es an Ma, die Augenbrauen zusammenzuziehen. Pa ist kein guter Schauspieler, er sagt meistens, was er denkt. Außer vor Kameras und gegenüber Politikern, denen er manchmal die Hand schütteln muss. Dass er jetzt schweigt, ist ein schlechtes Zeichen.

»Hast du ihr gesagt, dass sie herkommen soll?«, fragt mich Ma.

»Was denkst du denn?«

Pa setzt sich zu uns. »Das reicht jetzt. Ich versuche es selbst.« Er spricht ihren Namen in sein Magmag, und ihre Nummer wird gewählt. Mit geballter Faust wartet er darauf, dass sie rangeht.

Aber nichts geschieht. Nach ein paar Sekunden geht die Voicemail an.

Er hinterlässt keine Nachricht. Stattdessen sagt er: »Vielleicht schläft sie noch«, und Ma nickt. »Ich versuche es später noch mal. Aber wenn sie denkt, ich lasse zu, dass wir uns nicht noch mal sehen, hat sie sich getäuscht. Ich bin immer noch ihr Vater und auch meine Geduld hat ihre Grenzen.«

Darauf antworte ich nicht, denn ich glaube nicht, dass sie noch schläft. Stattdessen nehme ich mir ein Brötchen und Marmelade und versuche, mir einzubilden, dass wir ganz normal zusammen frühstücken, so wie Tausende andere Familien auch um diese Uhrzeit.

Mich beschleicht das Gefühl, dass diese Woche aus einer Reihe von »So-tun-als-obs« bestehen wird.

Ich frage mich, ob Mr Bergelson auch etwas gegen die Haie unternommen hat. Auf dem Wasser patrouillieren Boote, aber sie sind zu weit weg, um die Leute darauf zu erkennen. Über uns kreisen wieder Möwen, die versuchen, den Securitydrohnen auszuweichen, und in der Luft liegt der schwache Geruch von Benzin. Vermutlich weht er vom Festland herüber.

Es kommt mir merkwürdig vor, dass wir uns an den Strand legen, während uns die Männer dort draußen bewachen. Ob die Boote auch die Haie verschrecken?

Haiangriffe sind keine Seltenheit im Brevard County. Der Sohn unserer Nachbarn hat auf diese Weise einen Arm verloren. Als er achtzehn war, ist er mit Freunden schnorcheln gegangen. Jetzt ist er Teil einer Statistik. Und hat einen Robotikarm, mit dem er angibt, als wäre er ein Transformer oder so.

Ich glaube nicht, dass es mir etwas ausmachen würde, wenn Pa einen Robotikarm hätte. Oder auch ein mechanisches Bein. Ma sicher auch nicht. Falls sich heute ein Hai an diesen Strand verirrt und Pa für eine Robbe hält. Es ist ja nicht so, dass ich mir wünsche, dass er vom Hai gebissen wird. Aber wenn man so darüber nachdenkt, spielen eigentlich viele Dinge gar keine so große Rolle. Supertolles Aussehen zum Beispiel. Im Vergleich zu anderen Dingen.

Wir haben alles für einen perfekten Strandtag eingepackt. Decken, Essen, Sonnencreme und Luftmatratze. Ma noch zwei Bücher, Pa gar nichts.

»Ich will nichts anderes machen, als faul rumzuliegen und das Meer zu betrachten. Und euch«, hat er grinsend gesagt und Ma die Augen verdreht.

Wir lassen die Schuhe stehen und laufen barfuß zum Wasser. Nicht weit von uns entfernt liegen schon Bailey und seine Familie. Wir winken, aber niemand macht Anstalten, zu ihnen rüberzugehen. Sie sehen auch nicht aus, als wollten sie mit uns reden. Wir bewegen uns alle in unseren Familienblasen und versuchen, so gut es geht, die Welt da draußen zu verdrängen, oder auch nur die Welt ein paar Meter weiter.

Pa rennt als Erster ins Wasser, dann winkt er uns aus den Wellen zu, und Ma schützt die Augen mit der Hand vor der Sonne. »Ich glaube, Hannah hat zugenommen, oder?«, sagt sie beiläufig.

Ich werfe einen Blick hinüber zu den anderen.

»Sieh nicht hin!«

»Wie soll ich dir auf deine Frage antworten, wenn ich nicht hinsehen darf?«

»Hast du denn nicht vorhin rübergeschaut?«

»Nicht auf Hannahs Gewicht.« Mich hat vielmehr der riesige Strandhut irritiert, der ihren Kopf krönt. Er sieht ein bisschen so aus wie das Ding, das Imker tragen, wenn sie sich ihren Bienen nähern. Vielleicht will Hannah darauf anspielen, dass ihr Mann der Crewbiologe ist.

»Dann schau halt mal unauffällig bei Gelegenheit«, sagt Ma und sieht mich eindringlich an.

»Und dann sag ich dir, ob sie zugenommen hat.«

Sie nickt.

»Und dann?«

»Was dann?«

»Na, was wenn sie zugenommen hat?«

Irritiert sieht sie mich an. »Nichts na dann. Es ist mir eben aufgefallen. Ist doch ihre Angelegenheit.«

»Vielleicht hat sie einfach in letzter Zeit ein bisschen viel gegessen.« *Genau wie du in letzter Zeit ein bisschen viel getrunken hast.*

»Vermutlich.« Sie klappt ihr Buch auf und beginnt zu lesen. Aber es dauert ewig, bis sie eine Seite umblättert. Sie scheint nicht sehr konzentriert beim Lesen zu sein.

My fear is like a shark
circling around me.

Nach einer Weile kommt Pa aus dem Wasser gerannt und spritzt uns voll. »Was schaut ihr denn so grimmig?«, fragt er, und Ma lächelt.

»Gar nicht grimmig.«

»Sie findet, ich müsste meine Umgebung besser beobachten«, antworte ich.

»Das habe ich nicht gesagt.«

»Pfannkuchen?«, fragt Pa und hält ihr die Tupperdose mit den kalten Pfannkuchen entgegen.

Ohne zu antworten, nimmt sie sein Handtuch und wirft es nach mir, während Pa daneben sitzt und uns kopfschüttelnd beobachtet. Für einen Moment bekommt sein Gesicht einen ganz seltsamen Ausdruck, den ich noch nie an ihm gesehen habe, und es schnürt mir die Kehle zu. Dann ist er auch schon wieder verschwunden, und Pa lächelt, wie er es die meiste Zeit tut.

Das ist einer der Gründe, warum er für die Mission ausgesucht wurde. Es gibt kaum etwas, das ihn wirklich wütend macht. Wer zum Mars will, braucht einen kühlen Kopf, sagt Tonys Vater immer, während er sich an die Schläfe tippt. Tony findet, er sieht dabei aus, als würde er den Leuten einen Vogel zeigen. Recht hat John trotzdem. Gefühlsschwankungen unter Extrembedingungen sind unerwünscht. Wenn sechs Leute so lange auf so engem Raum überleben wollen, dann ist es notwendig, dass sie über die Macken der anderen hinwegsehen können. Roboter, nennt Tony das. Aber er hat ohnehin kaum etwas Gutes über die Mission zu sagen.

Ich finde nicht, dass Pa ein Roboter ist. Nicht, wie er da so auf dem Strandhandtuch sitzt, kalte Pfannkuchen in sich hineinstopft und das Salzwasser und die Sonnencreme ihm die Haare verkleben. Er riecht nach Ferien, und seine Nasenspitze rötet sich, als wäre selbst er, der Sonnenanbeter unter uns, inzwischen zu lange draußen gewesen. Ist doch ironisch, dass er ausgerechnet mit einem Sonnenbrand ins

All startet, in dem die Sonneneinstrahlung zu den Hauptproblemen des Marsflugs gehört.

»Ist irgendwas?«, fragt er mich plötzlich, wahrscheinlich, weil ich gestarrt habe.

Ich schüttle den Kopf.

»Willst du?« Er hält mir ein Stück Pfannkuchen entgegen.

Ich greife zu, und gemeinsam beobachten wir, wie Ma in die Fluten rennt und kopfüber ins tiefe Wasser springt. Sie hat offenbar keine Angst vor Haien.

Eine halbe Stunde später sehe ich auf mein Magmag, und im selben Augenblick kommt ein Anruf von Erle rein. Ich entferne mich ein Stück von Ma und Pa und laufe die Dünen entlang. Der Sand quillt zwischen meinen Zehen hindurch.

Ich nehme an, und sofort erscheint Erles Gesicht auf dem Display.

»Bist du am Strand, Starlet?«, fragt er und hebt den Arm, um sein Handgelenk und das Magmag darum näher ans Gesicht zu bekommen. Als könne er dadurch besser erkennen, was auf meiner Seite der Kamera geschieht.

»Wir sind hier in Florida immer am Strand.«

Er runzelt die Stirn. »Wie geht's?«

Ich zucke mit den Schultern. Ständig fragen mich die Leute dasselbe.

»Machst du auch fleißig Aufnahmen, während du dort bist? Dann schneiden wir das für den nächsten Song zusammen. Das wird grandios!«

»Ich weiß nicht …«

»Komm schon. Du bist jetzt populärer als jemals zuvor. Die Sache mit deinem Vater hat deine Klicks um das Vierfache gesteigert.«

Jedes Mal wenn ich mit Erle rede, ist es, als würden dazwischen keine Pausen stattfinden. Er kommt immer sofort zu dem, was er sagen will. Meistens dreht es sich darum, wie er irgendwas zu Geld machen kann. Er kann einfach nicht aufhören, darüber zu reden. Weil er Geld für seine Technik braucht, Erle hat kein Interesse an meiner Musik. Er ist von Bildern besessen und träumt von einer eigenen Serie. Ständig filmt er, zweimal hat er wegen seiner Kameradrohnen schon Ärger mit der Polizei gekriegt. Meine Songs sind seine Eintrittskarte. Er hofft, dass irgendwer auf unsere Clips aufmerksam wird, wenn sie erfolgreich genug sind. Seit die Presse einen Narren an unserer Familie gefressen hat, nutzt er jede Gelegenheit, um daraus für unseren Notebits-Account Kapital zu schlagen.

Das zahlt sich aus. Meine Speakline quillt vor Nachrichten über, und ich bekomme doppelt so viele Interviewanfragen von Blogs rein als sonst. Aber ich habe auf allen Social-Media-Kanälen verkünden lassen, dass ich mir für diese Woche freinehme, um mich von meinem Dad zu verabschieden. Erle hält das für einen cleveren Marketingtrick. *Absence makes the heart grow fonder.*

Er war es auch, der mir der Namen *Starlet* verpasst hat. Am Anfang bin ich noch unter meinem richtigen Namen aufgetreten und habe Songs ins Netz gestellt. Doch irgendwann hat sich das verselbstständigt. Der Spitzname wurde irgendwie lebendig, wurde zu dieser Figur, hinter der ich mich verstecken konnte, als wäre sie gar nicht richtig ich. Starlet traut sich so viel mehr zu auf der Bühne. Sie ist die, die in der Öffentlichkeit steht. Die ihr Gesicht in die Kamera hält. Die mit den Fans spricht. Deren Stimme die Leute kennen.

Manchmal bin ich mir allerdings nicht sicher, ob Erle versteht, dass da noch mehr an mir ist als *Starlet, die singt*. Und inzwischen gibt es sogar Momente, in denen frage ich mich selbst, wer da eigentlich was in das Magmag spricht. Ianthe oder Starlet. Selbst wenn ich mit meinen Freunden aus der Schule rede.

»Schreibst du an was Neuem?«

Wieder nicke ich. Über mir kreischt eine Möwe. Ich sehe hoch und blinzle gegen die Sonne.

»Gut. Wenn du da wieder raus bist, nehmen wir was dafür auf.«

Er ist noch nie der Sensibelste gewesen. Aber im Grunde sind wir ein Spitzenteam. Und wir verdienen ganz gut. Nicht jeder Song hat gleich viele Downloads, aber zwei, drei bringen Geld. Ma will, dass ich etwas für eine Uniausbildung zurücklege, sie traut der ganzen Musiksache nicht. Sie will, dass ich etwas in der Hinterhand habe, falls es schiefgeht. Das ärgert mich, weil ich das Gefühl habe, dass sie mir nicht genug zutraut.

An schlechten Tagen weiß ich selbst nicht genau, was ich will. Dann wird mir der ganze Rummel zu viel. Dann will ich nur mal meine Ruhe haben und nicht immer aufpassen müssen, was ich sage und wer sich deswegen wieder auf den Schlips getreten fühlt.

Aber auf die Musik könnte ich nicht verzichten. Ich stell es mir so vor wie bei einer Erkältung mit verstopfter Nase. Natürlich kann man damit leben, aber es ist doch Mist, wenn man nichts riechen kann. So geht es mir mit der Musik. Ich wäre einfach nicht vollständig ohne sie.

»Denk dran, Mädchen, jetzt bist du heiß!«

Das sagt er mir jedes Mal und meint damit halbe-halbe meinen Hintern und die Musik. Ich weiß, dass viele Leute glauben, es ginge mir nur darum, berühmt zu werden – wer sein Gesicht auf so vielen Kanälen zeigt, hat schließlich kein kleines Ego. Aber das ist es nicht allein. Ich will, dass man mich hört. Genauso wie Pa seinen Fuß auf den Mars setzen will.

Ist es denn wirklich so schlimm, etwas so sehr zu wollen?

Das frage ich mich, seit ich Lonos Angebot bekommen habe, in Seattle mein erstes richtiges Album zu produzieren. Lono hat viele Leute groß gemacht. Wenn er sagt, die Radiostationen sollen sich jemanden anhören, dann tun sie das auch. Mit ihm könnte ich den finanziellen Erfolg erreichen, um auf eigenen Beinen zu stehen. Der Gedanke an eine eigene Wohnung ängstigt und begeistert mich gleichermaßen. Ich möchte mich endlich in dieses Leben stürzen, in dem ich selbst entscheide, wann ich aufstehe, wann ich mein Bett neu beziehe und ob ich die Nacht durchspiele. Trotzdem weiß ich, dass ich Ma und Sanja ganz fürchterlich vermissen werde. Sanjas ständiges Genörgel und Mas ausdauernde Vorträge.

Ich weiß allerdings immer noch nicht, wie ich Ma davon erzählen soll. Seattle ist so weit weg von hier. Nicht so weit wie der Mars, aber im Moment kommt es ihr sicher so vor.

»Worum geht's denn in dem neuen Song?«, fragt mich Erle und reißt mich aus den Gedanken.

Ich sehe zurück zu Ma und Pa, die wieder gemeinsam auf der Decke sitzen und die Köpfe aneinandergelehnt haben.

»Um Haie«, antworte ich und lege auf.

Am Nachmittag muss Pa zum Training. Ma nutzt die Gelegenheit, um Sanja anzuklingeln, und die geht tatsächlich ran. Ich höre nicht, was sie zueinander sagen, denn Ma läuft runter zum Strand, während ich sie vom Küchenfenster aus beobachte. Mir juckt die Kopfhaut, das Salzwasser trocknet die Haare aus. In den Gliedern verspüre ich diese bleierne Müdigkeit. Ich hab mich in die Wellen geworfen, als gäbe es kein Morgen. Und die Pfannkuchen liegen mir schwer im Magen. Ich fühle mich angenehm ausgelaugt.

Eine halbe Stunde lang haue ich mich aufs Ohr, und als ich wieder aufwache, sitzt Ma am Fußende des Bettes und starrt gegen die Wand.

»Sie will es sich überlegen«, sagt sie und klingt so erschöpft wie am Tag zuvor und am Morgen.

»Vielleicht hätten wir sie doch einfach zwingen sollen«, erwidere ich und setze mich auf. Unsere Schatten zeichnen sich wie ein Scherenschnitt an der Wand ab.

»Davon halten dein Vater und ich beide nichts.«

»Ihr mit eurer Hippieerziehung.«

»Was weißt du denn von Hippies? Die kenn ja selbst ich nur aus Geschichtsbüchern.« Sie grinst. »Das ist doch alles so *last century*.«

»So wie du und Pa?«

»Genau.«

»Ich interessiere mich halt für Antiquitäten.«

Sie lacht und beugt sich zu mir, um mir einen Kuss aufs Haar zu drücken. Dabei kann ich riechen, dass sie Alkohol getrunken hat. Wahrscheinlich den Weißwein aus der Bar im Wohnzimmer.

»Tu mir einen Gefallen und frag deinen Vater heute Abend mal, ob er was mit dir zusammen singt. Er traut sich nicht, dich zu fragen, weil er sich nicht aufdrängen will.«

»Pa singt furchtbar.«

Ma streicht mir über die Wange. »Ich weiß. Mach's trotzdem, okay?«

»Okay.«

Sie geht aus dem Zimmer, und ich nehme den Silver Orb, um zu schauen, was ich an Musik mithabe. Der Scanner erfasst die Bewegungen meiner Finger, die über der Oberfläche des Orbs schweben und auf diese Weise Töne erzeugen. Wieder kommt mir der Gedanke, wie eigenartig es ist, dass ausgerechnet etwas diese Melodien erzeugen kann, was entfernt an Gebärdensprache erinnert. Aber vielleicht ist das auch gar nicht so eigenartig.

Da fällt mir der Lärm wieder auf, dieses dumpfe Rauschen, das die Protestierenden vor der Mauer erzeugen. Es hat seinen ganz eigenen Rhythmus. Wie das Streichen von Besen über eine Drum. Beinahe einschläfernd.

Die geben nicht auf. Sie werden jeden Tag bis zum Start vor den Toren stehen und ihren Unmut kundtun. Während wir heute Abend ignorieren, dass Pa keinen einzigen Ton halten kann, werden die noch im Dunkeln stehen und ihre Plakate in die Höhe recken wie Noten die Köpfe ab dem H.

Ich frage mich, welche Musik Sanja dann hören wird.

Auf dem Weg zum Abendessen fängt mich Mr Bergelson ab. Ma und Pa sind schon vorausgegangen, weil ich noch die Anlage für später vorbereitet habe, deshalb bin ich allein auf der Straße, als der Wagen neben mir hält. Zuerst bin ich irritiert, weil weit und breit kein anderes Fahrzeug zu sehen ist, dann erkenne ich Mr Bergelson, der sich aus dem Fenster lehnt und mich ansieht. Natürlich schwitzt er schon wieder.

»Meine Eltern sind schon beim Essen«, sage ich.

Er nickt. »Ich weiß. Das ist sehr nett.«

Ich warte, er räuspert sich.

»Das Essen ist gut, meine ich. Die Astronauten können unterwegs aus über hundert Gerichten verschiedener Nationalitäten wählen«, sagt er dann und sieht mich erwartungsvoll an.

»Ja, ich weiß«, sage ich. Weiß aber immer noch nicht, warum wir übers Essen reden. Ich habe das Gefühl, es soll mich irgendwie beruhigen, dass Pa während des Flugs zwischen Spaghetti Napoli und Kartoffelsalat wählen kann. Die haben sogar Kaffee an Bord, und wenn sie Glück haben, klappt das mit dem Salatanbauen. Eine schlechte Verdauung ist auch so ein Problem, mit dem sich die Astronauten herumschlagen müssen. Darüber redet Honey natürlich nie in seinen Beiträgen.

»Dein Vater hat mir erzählt, dass du mit deiner Schwester gesprochen hast.«

Überrascht ziehe ich die Augenbrauen zusammen, bis es fast wehtut.

»Das ist gut. Ja.« Mr Bergelson sieht knapp an mir vorbei. Er fixiert einen Punkt über meiner linken Schulter, blinzelt, schaut weg. »Vielleicht kannst du sie davon überzeugen, dass sie sich bei uns meldet. Wenn sie noch mal anruft.«

»Warum?«

»Damit wir wissen, dass alles in Ordnung ist.«

»Sie wissen doch schon, dass alles in Ordnung ist.«

»Natürlich, ja. Aber es ist wirklich nicht gut, wenn sie allein da draußen ist.« Jetzt ist es an ihm, die Stirn zu runzeln. Das tun hier alle ziemlich oft.

»Sie ist nicht allein.«

»Wir machen uns nur Sorgen.«

Ich starre ihn an. Mein Magen knurrt. Die Pfannkuchen haben nicht so lange vorgehalten, wie ich geglaubt habe.

»Es gibt da draußen Menschen …« Er beendet den Satz nicht, aber die Bilder hängen zwischen uns in der Luft.

»Es gibt da draußen auch Menschen, die schubsen andere vor die U-Bahn«, erwidere ich.

Verständnislos sieht er mich an.

»Ich meine ja nur, es kann immer etwas passieren.«

»Das ist kaum dasselbe. Aber ich erwarte nicht, dass du das verstehst.« Ungehalten schmatzt er, und in den Schweißperlen auf seiner Stirn spiegelt sich das Licht der Laternen. »Dir ist vielleicht nicht bewusst, wie diese Leute ticken, aber die schrecken vor nichts zurück.«

Im ersten Moment denke ich: Hanads Familie? Dann wird mir klar, dass er die First-Mother-Bewegung meint. Beinahe muss ich lachen, als ich daran denke, dass Hanad dasselbe über die Mars-Mission gesagt hat.

»Das Leben in unseren abgeschlossenen Gemeinden ist anders als außerhalb. Ihr habt bisher ein sehr beschutztes Leben geführt.«

»Nicht in Deutschland.«

Erneut sieht er mich irritiert an. Als würde die erste Hälfte meines Lebens gar nicht zählen. Als wäre ich erst geboren worden, als ich meinen Fuß auf amerikanischen Boden gesetzt habe. Dabei sprechen wir untereinander noch immer Deutsch. Wir haben deutsche Pässe. Es ging uns gut in Köln.

Jedes Mal wenn ich mich an die Nachmittage mit Lela erinnere, bekomme ich ein wenig Heimweh. Oder an die großen Spaghettiessen mit Timofej, der damals schon irgendwie zu unserer Familie gehörte.

Vor fünfzehn Jahren haben sich Pa und er kennengelernt. Damals hat Timofej noch für ROSKOSMOS gearbeitet. Die Russen haben Erfahrung mit den Raumstationen, die Amerikaner eher mit Landemodulen. Allein schafft's keiner, das hat Pa immer gesagt. Darum ist die Crew so international. Jeder hat Anteil daran, die NASA, ESA, ROSKOSMOS, selbst die Japaner. Jeder will einen Astronauten stellen.

Deshalb sind wir auf die andere Seite der Welt gezogen. In eine dieser *gated communities,* von denen Mr Bergelson redet. Gute Adresse, gute Schule. Und im Kopf ein Mischmasch aus deutschen und englischen Wörtern. Manchmal fängt Lela mitten in einem unserer Gespräche an, heftig zu lachen. Und dann merke ich erst, dass ich schon seit Minuten Englisch mit ihr rede.

Ich denke noch oft an unser altes Leben. Die Nachmittage auf dem Rudolfplatz. Die Bettler. Die Polizei. Die Döner in der Heinsbergstraße. Die Straßenmusikanten. Sanja ist zu jung, sie erinnert sich kaum noch. Ma nennt sie deshalb manchmal ihr *American Girl,* wenn Sanja es nicht hört. Ich hänge irgendwie dazwischen. Halb hier, halb dort, und mein Herz vielleicht mittendrin ins Meer geplumpst.

Ich möchte Mr Bergelson gern sagen, dass es hier nur um meine kleine Schwester geht. Sanja ist nicht Teil einer globalen Verschwörung, sie ist nicht mal in irgendeinem Schulclub. Weil sie alles, was irgendwie in der Gruppe gemacht werden soll, blöd findet. Wenn ich an sie denke, höre ich eine einfache, sprudelnde Melodie, nichts Kompliziertes, aber etwas Einprägsames.

Vielleicht kann er das als Amerikaner nicht verstehen. Vielleicht will er es auch einfach nicht verstehen. Manchmal denke ich sogar, er hat Angst vor Sanja. Vor allen jungen Leuten. Er hält uns wohl für unberechenbar. Aber das ist sie nicht. Ich kenne meine Schwester. Die schließt sich nicht plötzlich irgendwelchen Weltverbesserern an, nur weil ihr langweilig ist. Sie hat ja schließlich einen Kopf zum Nachdenken, und dieser Mann kennt uns nicht. Ganz gleich wie oft er unsere Akten gelesen hat und was er alles über uns weiß. Er kennt uns nicht. Für ihn sind wir Probleme, die es zu lösen gilt. Darüber denkt er nach.

Woran wird er wohl denken, wenn die Rakete abgehoben hat? Was wird er am ersten Tag nach dem Start tun? Ich kann ihn mir nicht im Urlaub vorstellen. Ich kann ihn mir nicht mal beim Frühstück vorstellen.

»Deine Schwester ist von einiger Bedeutung. Was ist, wenn sie sie dazu einsetzen, euren Vater zu erpressen? Hast du schon mal daran gedacht? Durch sie könnten sie ihn treffen, ihn dazu zwingen, dass er …« Wieder spricht er den Satz nicht zu Ende, sieht mich nur eindringlich an. »Stell dir vor, die Presse kriegt Wind davon, dass seine eigene Tochter die Mission nicht unterstützt, das sieht nicht gut aus.«

Ich mag die Art nicht, wie er redet, und plötzlich wird mir bewusst, dass er mich nicht zufällig auf der Straße angesprochen hat. Er wollte, dass ich allein bin. Damit er mir Angst machen kann. Die Wut darüber brennt mir heiß im Gesicht.

Er hält es wohl für Scham über meine Dummheit, denn er nickt zufrieden und sagt: »Denk einmal in Ruhe darüber nach, das ist alles.« Dann fährt er davon und lässt mich allein am Straßenrand stehen. Mit brennendem Gesicht und über mir die Sterne.

»Ich hab dich vermisst«, ruft Prianka, als sie mich den Strand runterkommen sieht. Sie dreht sich vom Schneidersitz auf die Knie und streckt mir die Arme entgegen.

Ich lasse mich neben ihr in den kühlen Sand fallen und umarme sie. »Dann hättest du ja mal eine meiner Nachrichten beantworten können.«

»Ach, du weißt doch, wie das ist, wenn man frisch verliebt ist.«

»Du bist ständig frisch verliebt«, wirft Tony ein, der auf der anderen Seite des kleinen Lagerfeuers sitzt und schon die Whiskeyflasche zwischen den Knien hat.

»Sei nicht gehässig«, erwidert Prianka und zieht einen Schmollmund.

Ich lächle und rücke ein Stück von ihr ab, damit wir beide bequem sitzen können. Zum Abendessen gab es Burger, und die Pommes spannen mir den Hosenbund.

Prianka ist das ganze Gegenteil ihrer Mutter. Da, wo Teri schlank und muskulös ist, ist Prianka rund und weich. Sie hat ein rundes Gesicht, runde Hüften, einen runden Hintern, und selbst ihre Augen sind merkwürdig rund. Jedes Mal wenn ich sie sehe, hat sie die Haare anders, diesmal sind sie pink und zum Pferdeschwanz gebunden. Die langen künstlichen Wimpern heben sich auffällig gegen ihre Porzellanhaut ab. Prianka ist der blasseste Mensch, den ich je in Florida gesehen habe. Als würde sie nie an die Sonne gehen.

»Es erinnert die Jungs an Sahne«, hat sie mal zu mir gesagt. »Und wer will nicht gern was Süßes?«

Damit scheint sie recht zu haben, denn die Jungs laufen ihr scharenweise nach. Jede Woche hat sie einen anderen Verehrer, und ihre Beziehungen halten nie lange. Aber Priankas Herz ist ein gut trainierter Muskel, so schnell kriegt das keinen Muskelkater.

Einen Moment lang starre ich ins Feuer, bis mir Tony die Flasche hinhält. Ich nehme einen ordentlichen Schluck. Der Whiskey brennt mir erst in der Kehle und wärmt mir dann den Bauch wie das Feuer mein Gesicht. Der leuchtende Mond über uns erinnert mich an die Glühlampe bei uns im Keller.

»Wie geht's dir so?«, fragt mich Prianka nach einer Weile, und ich zucke mit den Schultern.

»Ganz gut.«

»Ianthe geht's doch immer ganz gut, weißt du das nicht?«, sagt Tony und wirft mir nun ebenfalls einen gehässigen Blick zu.

Prianka schmeißt eine Handvoll Sand nach ihm. »Wenn du so eine Scheißlaune hast, kannst du auch zu Hause bleiben, ja? Wir wollen uns heute ein bisschen amüsieren, da können wir so Stimmungskiller wie dich nicht gebrauchen.«

Er spart sich die Antwort, will nur die Flasche zurück.

Was will er von mir hören? Es geht mir nun mal ganz gut. Ich hab nicht vor, aus dem Fenster zu springen, und an manchen Tagen bin ich sogar richtig glücklich. Meistens wenn ich Musik spiele. Das bezeichnen die meisten Leute nun mal als *ganz gut*, oder?

»Los«, sagt Prianka und stößt mich mit dem Ellbogen an, »frag mich, was es Neues bei mir gibt.«

»Was gibt es Neues bei dir?«

»Mein Dad ist hier.«

»Ist nicht dein Ernst!«

»Doch.« Sie nickt heftig, wobei ihr Pferdeschwanz wild hin und her schwingt. »Mom hat ihn hierher eingeladen, damit wir uns beschnuppern können. Sie ist der Meinung, dass ich jemanden brauche, der in den kommenden drei Jahren auf mich aufpasst.«

»Und da hat sie ausgerechnet an deinen Dad gedacht?«

Wieder nickt Prianka, während Tony mit einem Stock im Feuer stochert.

»Und wie läuft das bisher so?«

»Ganz gut.« Sie grinst, und ich grinse zurück. »Er hat sich ziemlich verändert. Hat sogar einen Job, bei dem er schon seit zwei Jahren arbeitet. Er will, dass ich zu ihm nach Dallas ziehe, aber ich weiß nicht so recht … Mom hat meine Zeit an der Hopkins gesichert, und ich will da wirklich hin.«

»Vielleicht will er einfach in deiner Nähe sein, die letzten Jahre aufholen.«

»Kann sein.« Nachdenklich starrt sie ins Feuer.

Es ist seltsam, wie die Mission unser aller Leben verändert. Nicht nur das der Crew, sondern auch unseres, die wir zurückbleiben. Doch wir sind keinem Test unterzogen worden, niemand hat festgestellt, ob wir dafür geeignet sind. Die NASA hat Psychologen eingestellt, die wir kontaktieren können, falls uns danach ist, aber was soll Prianka denen erzählen? Dass sie sich plötzlich mit einem Vater auseinandersetzen muss, der zehn Jahre lang von der Bildfläche verschwunden war? Prianka braucht keinen Aufpasser, das weiß ihre Mutter auch. Sie hat einen super Notendurchschnitt, eine Zusage der John Hopkins University School of Medicine und geht so vorsichtig mit Geld um, wie sie sorglos ist mit Jungs. Wenn jemand gut allein zurechtkommt, dann sie. Das ist das Einzige, was sie mit ihrer Mutter gemeinsam hat. Das, und ihre Liebe zur Medizin.

Nein, Teri will, dass jemand da ist, falls sie nicht zurückkommt. Darum geht es. Und das weiß auch Prianka. Aber sie nimmt es ihr nicht übel, denn sie ist so stolz auf ihre

Mutter, dass man manchmal das Gefühl hat, sie würde jeden Moment platzen vor Aufregung. Wenn sie davon spricht, dass die Mission ein Meilenstein für die Menschheit ist und etwas, worüber jeder begeistert sein sollte, dann lassen sich die Leute davon anstecken. Prianka hat etwas an sich, das einen immer, wenn sie fragt: »Bist du denn gar nicht neugierig, was wir noch schaffen könnten und was es da draußen noch gibt?«, antworten lässt: »Doch.«

»Sag mal, hat deine Mutter nicht was zur Beruhigung in ihrer Arzttasche?«, fragt Tony plötzlich und erschreckt uns beide damit. Fast hätten wir vergessen, dass er noch da ist.

»Was meinst du?«

»Nichts Hartes. Baldriantropfen oder so. Damit man mal gut schlafen kann.«

»Schläfst du schlecht?«

»Ich nicht, aber Mark.«

»Der ist doch erst zwölf, der braucht nur eine warme Milch und keine Pillen.«

»Was ist denn mit ihm?«, frage ich und winke noch mal nach der Flasche, die sich Tony zwischen die Füße gestellt hat.

»Er heult den ganzen Tag.«

»Ist bestimmt hart für ihn.«

»Er weiß es eben nicht besser.«

Irritiert sehe ich ihn an.

»Er ist der Einzige, der an John hängt.«

»Das meinst du nicht ernst.«

»Und wie. Du kennst ihn nicht.« Er starrt mich herausfordernd und ein bisschen trotzig an. »Ich kann es kaum erwarten, dass diese verdammte Rakete startet und er endlich weg ist. Die sperren uns hier ein und erwarten, dass wir auf einmal alle traurig sind, dass er geht. Als würde der Start plötzlich alles ungeschehen machen, was bisher passiert ist.«

Prianka und ich werfen uns einen Blick zu. Wir wissen nicht, was Tony damit meint. John schlägt weder seine Frau noch seine Kinder, er brüllt auch nicht rum oder so. Immerhin ist er der Kommandant der Mission. Sein psychologisches Profil wurde so gut durchleuchtet, dass solche Sachen niemals unentdeckt geblieben wären. Aber seit wir Tony kennen, hat er ein schlechtes Verhältnis zu seinem Vater, und vielleicht ist er tatsächlich froh, wenn John weg ist.

Seine Worte beunruhigen mich. Offiziell sind alle Crewmitglieder gleichberechtigt. Es gibt niemanden, der bestimmt, wer ans Essen darf und wer nicht. Aber die Missionspsychologen warnen immer, dass solche Rahmenbedingungen wie bei der Marsmission zu Tyrannei an Bord führen können. Wie früher auf den Schiffen. Aber ist John wirklich der Typ dafür? Das kann ich mir nicht vorstellen.

Manchmal kommt es mir so vor, als würden die Verantwortlichen mit all dem Schlechten rechnen, wozu Menschen fähig sind. Als wäre die Gefahrenliste nicht schon lang genug. Dabei gilt die Mission doch als *Hoffnung der Menschheit*.

»Was macht ihr, wenn's losgeht?«, wechsle ich das Thema, um die Stimmung aufzuhellen.

»Dad hat Geld fürs College zurückgelegt. Er will, dass ich in Moms Nähe bleibe, als Familienoberhaupt und so«, antwortet Tony.

Ma würde John den Kopf abreißen, wenn sie wüsste, dass er immer noch glaubt, der Mann wäre das Familienoberhaupt.

Tony kramt in der Hosentasche und zieht eine kleine Plastiktüte heraus. Voll mit Pillen. Ohne hinzusehen, nimmt er eine heraus und spült sie mit Whiskey runter. Wieder sehen Prianka und ich uns an. Die Menge ist neu. Das beunruhigt uns.

»Und was willst du?«, fragt Prianka.

Tony zuckt mit den Schultern. »Weiß noch nicht genau.«

Ungehalten schnaubt sie, und ich weiß genau, was sie denkt. Heutzutage hat doch jeder einen Plan zu haben. Selbst die ganz Kleinen. Schon in der Grundschule legen sie deinen Werdegang fest und wehe, du hast am Ende nicht alle deine Credits gesammelt. Ma hat das immer gehasst, aber Pa weiß, dass Träume auch Zielstrebigkeit verlangen. Das hat er mir oft genug gesagt: »Wenn du weißt, was du willst, musst du auch den Weg dahin verfolgen und nicht glauben, dass dir irgendwie alles zufliegt.«

Ich weiß auch, dass Tony genau das schon immer an uns gestört hat; dass wir so genau sagen können, was wir wollen. Prianka will Ärztin werden wie ihre Mutter, und ich will Musik machen. Tony weiß nicht, was er will. Ich finde das nicht schlimm, aber vielleicht hat John ein Problem damit.

»Ich will nach Europa«, sagt Tony leise, und es klingt so banal wie: »Ich will ein Eis.«

»Auch nicht besser als hier«, erwidere ich.

»Aber weit weg«, ergänzt Prianka.

»Genau.« Er nickt. »Keine Ahnung, ich will einfach mal raus. Weg von allem.«

Damit meint er seinen Vater. Die Mission. Irgendwie auch uns, weil wir ja dasselbe sind wie er – *Astrokids* eben. Schon immer. Wir waren nie was anderes. Vielleicht gefällt es mir deshalb manchmal, Starlet zu sein, und nicht *Ianthe, die Tochter von*.

»Du wirst doch wohl keinen Mist bauen, oder?«, fragt Prianka und sieht ihn mit zusammengekniffenen Augen an.

Er starrt zurück. Schweigt. Und mir schlägt das Herz bis zum Hals. Langsam kriege ich das Gefühl, dass alle durchdrehen, und dabei ist die blöde Rakete noch nicht mal gestartet.

»Lass uns noch was trinken«, erwidere ich deshalb und greife noch mal zu der Flasche. Der Alkohol verschafft mir eine angenehme Leichtigkeit, und so richtig kann ich es Ma nicht verübeln, dass sie beim Abendessen schon wieder drei Wein bestellt hat.

Ich sehe hoch zu den Sternen, die unentwegt funkeln und gleißen. Und mitten unter ihnen der Mond, mit dem alles begann. Dieser Traum vom Reisen durchs All. Ich verstehe schon, warum Pa so verliebt in die Sterne ist. Jeder einzelne von ihnen wirkt wie ein Versprechen auf etwas Wunderbares.

Etwas Unentdecktes. Wie die ersten Töne einer neuen Melodie. Und ganz tief drin verspürt man dieses Ziehen, diese Sehnsucht nach mehr. Es fühlt sich ein bisschen an wie Heimweh.

Nachdem die halbe Flasche leer ist, sind uns auch die Securitydrohnen am Nachthimmel egal. Ich stelle mir vor, wie Mr Bergelson uns beobachtet, während wir ums Feuer tanzen, und dabei den Kopf schüttelt. Der Sand ist kühl unter unseren Füßen, und unser Lachen hat etwas Verzweifeltes, aber das macht nichts. In dieser Nacht ist es beinahe so, als wären wir auf unserer eigenen Mission. *Mission Vergessen.* Ich singe so laut, bis ich heiser bin, Prianka lacht und lacht, bis sie einfach zur Seite kippt, und Tony schmeißt die leere Flasche Whiskey ins Meer und schreit dabei wie ein Wahnsinniger.

Wir sind das ganze Gegenteil unserer Eltern. Wir sind nicht ruhig und ausgeglichen. Wir kümmern uns nicht um unser psychologisches Profil. Wir sind laut, und wir springen den Sternen entgegen, als wären sie zum Greifen nah.

Als ich früh um vier in den Bungalow stolpere, dringt noch immer Licht durch den Spalt unter Mas und Pas Schlafzimmertür, und mir fällt ein, dass ich ja mit Pa singen wollte.

Ich hab's vergessen.

Doch das interessiert mich im Moment nicht. Mit schwerem Kopf falle ich ins Bett und schließe die Augen. Der Schwindel, der mich erfasst, fühlt sich an wie Schwerelosigkeit.

Days Hours Mins Secs
019 05:58:41

Als ich an diesem Morgen in die Küche komme, ist Pa schon beim Training und Ma stellt mir wieder mal eine Tasse Kaffee hin. Dann legt sie eine Aspirin daneben. Sie sagt nichts, wartet aber auch nicht darauf, dass ich gesprächig werde. Stattdessen geht sie wieder zum Strand runter. Während ich den Kopfschmerz mit Koffein betäube, starre ich aus dem Fenster und komme mir wie in einer Zeitschleife vor. Wäre da nicht das eklige Pochen hinter der Stirn, könnte ich mir einbilden, es wäre gestern. Wenigstens habe ich die paar Stunden durchgeschlafen, ohne zwischendurch wach zu werden.

Nach ein paar Minuten Starren klopft es an der Tür. Dreimal kurz hintereinander. Das ist Timofej. Er klopft immer so.

»Ist offen«, rufe ich über die Schulter und empfinde meine eigene Stimme als zu laut.

Timofej füllt den Türrahmen aus und verdeckt für einen kurzen Moment die Sonne. Ich blinzle, dann schließt er die Tür wieder und kommt zu mir. Ohne ein Wort rutscht er auf den Stuhl mir gegenüber, und ich hebe die Tasse.

»Auch was?«

Er schüttelt den Kopf. »Bin schon länger auf. Du offenbar nicht.«

»Bin spät ins Bett.«

Er nickt, lehnt sich auf den Tisch, den Blick aus dem Fenster zum Strand gerichtet, wo Ma als winzige Figur zu sehen ist.

»Musst du nicht auch zum Training?«, frage ich und nehme noch einen Schluck.

»Dein Pa und ich haben beschlossen, dass wir uns in den nächsten Tagen ein bisschen aus dem Weg gehen. Sonst haben wir uns auf der Mission nichts mehr zu erzählen.« Er grinst. »Er will ja auch Zeit mit euch verbringen.«

»Du weißt aber, dass du nicht drum herumkommen wirst, mit uns Abend zu essen.«

Wieder lächelt er. »Ich werde euch vermissen.« Er zieht mir kurz an einer Haarsträhne, eine Geste, die keine Erwiderung zulässt. Es ist noch zu früh, um unsere Abschiedsworte zu sagen.

Und auch zu früh am Tag. Stattdessen fragt Timofej nach Sanja und hält mit seiner Meinung über die First-Mother-Bewegung nicht hinterm Berg.

»Man muss die schon ernst nehmen. Sind doch nur arme Schweine, die sich fragen, warum ihnen niemand hilft. Wenn die Leute nicht wissen, wohin es geht, suchen sie sich jemanden, der es ihnen sagt. Und dieser Dearing versteht sein Handwerk. Der ist als Sprachrohr super. Zieht mit seiner Art die Leute an.«

Nachdenklich starre ich in den Kaffeesatz. Dearing ist seit zwei Jahren Führer der FM und sein Gesicht mindestens so bekannt wie das der Astronauten. Kein Tag vergeht, an dem er nicht irgendwo auf einem Kanal zu sehen ist, seine Gifs überfluten das Netz, und seine Zitate finden sich in meinen Kommentarfeldern. Er hat eine angenehme Stimme, die er nur hebt, wenn er zum Ende seiner Reden kommt. Beinahe melodisch.

»Ich war mal mit Sanja auf einer ihrer Demos«, erzähle ich Timofej. »So radikal kamen sie mir gar nicht vor. Ich meine, Mr Bergelson hat ständig Angst, dass irgendwer irgendwas macht, aber …« Ich zucke mit den Schultern.

»Weil sie sich in der Öffentlichkeit bedeckt halten. Da sprechen sie das an, worüber sich alle einig sind. Keiner kann die Probleme wegdiskutieren, die wir haben. Der Unterschied zwischen Industrie- und Entwicklungsländern wird immer größer, während der Klimawandel zu riesigen Umweltkatastrophen führt. Wir sind ein sterbender Planet, um den sich niemand kümmert.«

»Du hast heute keine Lust, was schönzureden, oder?«

»Hattest du bisher das Gefühl, dass ich das mache?« Er grinst mich an, und ich grinse zurück.

So ist das immer mit ihm. Timofej schafft es, dass man sich besser fühlt. Selbst wenn er einem gerade sagt, dass alles den Bach runtergeht.

»Fliegst du deshalb zum Mars?«, frage ich und ziehe mit dem Zeigefinger einen Graben durch den Kaffeesatz.

Statt zu antworten, greift er sich eine Orange aus dem Obstkorb und beginnt langsam, sie zu schälen. Erst nach einer Weile sagt er: »Ich bin Astronaut. Deshalb fliege ich zum Mars. Das ist eben mein Job.«

»Und wenn du einen anderen Job hättest, würdest du dich der FM vielleicht anschließen?«

»Wer weiß? Jedenfalls habe ich einen Heidenrespekt vor Leuten, die noch versuchen, was zu ändern. Im Grunde sind sie den ganzen Leuten hier«, seine Handbewegung umschließt das Gelände, »da auch irgendwie ähnlich. Wir glauben alle, dass wir etwas verändern werden. Trotzdem darf man sie nicht unterschätzen. Wenn die Hoffnung verschwindet, werden die Leute verzweifelt und irgendwann auch aggressiv. Damals der Typ bei der Weihnachtsparade, der mit einem Stein nach mir geworfen hat, war auch ein FMler.«

Von diesem Vorfall wusste ich gar nichts, das hat er mir nie erzählt. »Dann glaubst du auch, dass Sanja aufpassen muss?«

Unter meinem Blick wackelt er zögerlich mit dem Kopf. »Ich denke, sie wäre hier bei uns besser aufgehoben. Außerdem sollten sich dein Vater und sie voneinander verabschieden.«

»Denkst du, wir sollten sie zwingen?«

»Ich bin nicht euer Vater …«, weicht er aus.

Mit anderen Worten, er hat sich mit Pa darüber unterhalten, und sie waren nicht einer Meinung.

Das kommt selten vor. Sie streiten eigentlich nie. Wenn sie am Grill stehen, schauen sie immer in dieselbe Richtung. Wenn sie könnten, würden sie dieselben Politiker wählen.

Und wenn es um die Arbeit geht, regen sie sich über dieselben Kollegen auf.

Als bei einer ESA-Mission mal Feuer ausgebrochen ist, hat Timofej sein Leben riskiert, um Pa zu retten. Dabei hat er sich fürchterlich den Unterarm und beide Waden verbrannt. Das Feuer an Bord breitet sich zwar langsamer aus als auf der Erde, brennt aber viel heißer. Die Schwerelosigkeit verhindert, dass die heißen Abgase von der Brandstelle fortwehen. Auch so was, womit die Astronauten rechnen müssen.

Ich denke an das Lagerfeuer, das wir am Abend zuvor gemacht haben, und wie die kleinsten Dinge im All ein Problem darstellen können. Niemand träumt im All von Geburtstagskerzen.

Nachdem sie damals gelandet sind, hat Ma Timofej so fest umarmt, dass er am nächsten Tag einen blauen Fleck am Hals hatte. Manchmal zieht er sie damit auf. Pa behauptet, dass er Timofej alles anvertrauen würde. Deshalb mag es auch niemand, wenn sie streiten. Weil sich das irgendwie nicht richtig anfühlt.

Aber was Sanja betrifft, scheinen sie sich diesmal nicht einig zu sein. Timofej ist furchtbar angespannt, und ich überlege, wie ich ihn aufheitern kann. Aber auch ich beginne, mir Sorgen um Sanja zu machen.

In diesem Moment kommt Ma zurück. Ihre Wangen sind gerötet und das Haar zerzaust. Wir sehen dabei zu, wie sie die Sandalen auszieht und sich zu uns an den Tisch setzt.

Zwischen mich und Timofej, der die Orange teilt und eine Hälfte vor mich hinlegt.

»Iss das. Hilft gegen Übelkeit.«

»Mir ist nicht übel.«

»Das kommt noch, wenn du auf den Restalkohol nur Kaffee und Aspirin kippst.« Er grinst, und Ma schnauft.

»Worüber habt ihr geredet?«, fragt sie.

»Unser Nesthäkchen.«

»Hat sie sich bei dir gemeldet?«

»Nein, tut mir leid.« Er rückt den Stuhl näher an sie heran. »Willst du, dass ich mal mit ihr rede?«, fragt er.

Sie nickt, und er lacht.

»Sie war schon immer ein Sturkopf. Wie ihre Mutter.«

Statt mitzulachen, kneift sie die Augen zusammen, und er legt ihr den Arm um die Schultern.

»Komm schon, Lea. Alles wird gut. Bevor die Woche vorbei ist, ist sie wieder bei uns.«

Er sagt das auf eine solch überzeugende Weise, dass ich es einfach glauben muss. Ma offenbar auch, denn sie lächelt schwach und stibitzt sich ein Stück Orange. Ein paar Vitamine gegen Kopfschmerzen kann sie wohl auch vertragen.

Ich bin froh, dass Pa Timofej hat. Dass er bei ihm sein wird. Denn manchmal kommt es mir so vor, als würden alle nur denken, dass Pa *uns* verlässt. Aber niemand redet davon, wie allein *er* sein wird. Das Heimweh und das Wissen, dass jeden Moment etwas Tödliches im All passieren kann, hat schon so manchen Astronauten verrückt gemacht.

Pa behauptet, dass er keine Angst vor dem Sterben hat, und ich glaube ihm. Angsthasen fliegen nicht zum Mond. Heimweh ist aber etwas anderes.

»Irgendwann wird die Sehnsucht so groß, dass man anfängt, sich die Berührungen einzubilden«, hat er mal zu mir gesagt, als ich ihn danach gefragt habe.

Ich erinnere mich gut an seine Hand auf meiner Schulter. An seine langen Umarmungen, die schiere Kraft, wenn er uns hochhebt. Die Art, wie er mich aufs Haar küsst. Pa ist immer einer gewesen, der Kontakt sucht. Das ist so seine Art. Er berührt Menschen, die er kaum kennt. Am Arm, an der Schulter. Er macht es auf eine Weise, dass selbst die, die nicht gern berührt werden, nichts dagegen haben.

Timofej ist an Pas Marotte gewöhnt und lässt es über sich ergehen. Vielleicht kann er ihn umarmen, wenn wir es nicht können.

»Ich geh mal raus«, sagt er und hebt schon den Arm, um in sein Magmag zu sprechen.

Sanja wird rangehen, wenn sie seine Nummer sieht, da bin ich mir sicher. Immerhin hat er ihren Namen ausgewählt. Sanja: *Beschützerin der Männer*. Als wir das das erste Mal gehört haben, mussten wir furchtbar lachen. Doch inzwischen gefällt ihr diese Namensbedeutung. Und wie sich herausgestellt hat, ist er auch irgendwie ein Omen gewesen, immerhin glaubt sie mit ihrem Engagement die ganze Menschheit zu beschützen.

Es dauert noch eine Stunde, bis Pa vom Training zurückkommt, deshalb gehe ich joggen. Ma und mir tut eine Pause mal ganz gut, und im Moment ist mir nicht nach Gesellschaft zumute, deshalb rufe ich auch Tony und Prianka nicht an. Wir sind wie die Astronauten kurz vor dem Start. Die körperliche Anstrengung beruhigt meine kreisenden Gedanken.

Ich bin nicht die Einzige, die auf den Wegen zwischen den Bungalows unterwegs ist, aber niemand macht Anstalten, mit mir zu reden. Ein kurzer Gruß, dann senken die Leute schnell den Kopf. Über allem strahlt ein wolkenloses Himmelblau, und die Sonne presst mir den Schweiß aus den Poren.

Die nächsten Zeilen des neuen Songs schleichen sich in meinen Kopf, während das Geräusch meiner Sohlen auf dem Asphalt den Rhythmus vorgibt.

A walk in the park
and I'm suddenly overwhelmed
by this image of you and me.

Erst nach einer Weile merke ich, dass ich mich der Mauer nähere, die das Gelände umgibt. Die Proteste gehen ungehindert weiter, und der Lärm wird immer lauter. Bekommt beinahe etwas Rhythmisches. Er bildet seine ganz eigene Melodie, lockt mich an, und schwer atmend bleibe ich stehen. Während ich mir mit der Hand durch die kurzen Strähnen fahre, betrachte ich den grauen Verputz vor mir.

Die ersten Meter hinter der Mauer sind mit Müll, Steinen und Papier übersät. Ich stelle mir vor, wie Sanja auf der anderen Seite steht und Steine aufhebt. Aber das Bild hält nur wenige Sekunden an, ich kann das einfach nicht glauben.

In der Sonne glitzert der Müll wie Silber. Ich gehe noch näher heran, bis meine Fußspitzen die ersten losen Steine berühren. Über mir surrt eine Kamera, und die Wachen sehen kurz zu mir herüber, einer winkt ungeduldig mit der Hand. Ich soll nicht zu nah an die Mauer herangehen. Aber ich bin seltsam angewurzelt und kann mich nicht dazu überwinden, ein paar Schritte nach hinten zu treten. Die Hitze und das gleißende Silber um mich herum machen mich schläfrig. Ich muss blinzeln, und das Geschrei der Menge spült wie eine Welle über mich hinweg, vibriert in mir wie der Bass aus meinen Boxen.

Plötzlich explodiert ein Schmerz in meinem Kopf. Ein Schlag gegen die Schläfe. Ich falle zurück. Betäubt. Verschreckt. Immer noch Schmerz im Kopf.

Jemand packt mich. Zieht mich zurück, bis ich fast falle. Strauchle. Während der Schmerz alles betäubt.

Was passiert hier?

Verwirrt sehe ich auf. Ein Wachmann redet mit mir, ich verstehe ihn kaum. *Schisch-schisch-schisch.* Mein Gesicht wird warm. Ich wische mit der Hand darüber, sie kommt blutig zurück. Um uns herum Glassplitterschnee und ein abgebrochener Flaschenhals darunter.

Der Wachmann nimmt mich hoch, trägt mich auf den Armen davon, als wären wir ein Liebespaar. Ich will ihm sagen, dass er mich runterlassen soll. Ich habe selbst zwei Füße. Aber alles schwimmt irgendwie, meine Zunge klebt am Gaumen, und das Summen in den Ohren hört nicht auf. *Schisch-schisch-schisch.*

Was passiert hier?

Ich werde nicht ohnmächtig, der Mann bringt mich in das kleine Krankenhaus auf dem Gelände, in dem die Astronauten täglich überprüft werden, und verschwindet dann. Ich glaube nicht, dass ich ihn wiedererkennen würde. Ich habe mir sein Gesicht nicht eingeprägt.

Immer noch hängt der Schmerz wie eine Glocke auf meinem Kopf und zieht die Zeit in die Länge. Als wäre ich schlimm betrunken, und ich muss an Timofej denken und daran, dass er mit einem Stein beworfen wurde.

Ist es das, was hier passiert?

Die Minuten vergehen.

Sekunden.

Schisch-schisch-schisch.

Der Arzt näht die Platzwunde am Haaransatz über dem rechten Auge. Es zieht, aber endlich wirken die Schmerzmittel und unterdrücken das Schlimmste. Nur meine Zeitwahrnehmung bleibt merkwürdig verschoben, und mein Herz rast weiterhin. Eben habe ich noch mit Timofej und Ma in der Küche gesessen, und jetzt stehe ich irgendwie neben mir. Meine Zunge ist so schwer wie Blei, und die Worte wollen sich einfach nicht einstellen. Meine Gedanken hängen dem, was ich sehe, hinterher. Bevor mir bewusst wird, was ich sehe, ist es auch schon vorbei. Ich lasse einen Wasserbecher fallen, den mir eine Krankenschwester reicht, weil meine Finger sich zu spät um das Plastik schließen. Ich starre auf die Pfütze am Boden und habe Angst davor, nach unten zu stürzen.

Diese Angst ist neu.

Ich hatte schon ein paar Mal Angst. Bei jedem Start, wenn sich die Triebwerke entzünden. Vor meinem ersten größeren Auftritt in einer Kneipe, als ich dreizehn war. Oder vor der OP, als sie mir den Kiefer gerichtet haben.

Aber nie so wie heute.

Dabei ist es schon vorbei. Jemand hat eine Flasche geworfen, das Ganze hat keine fünf Sekunden gedauert. Trotzdem möchte ich mir am liebsten die Arme über den Kopf legen und bin kurz davor, aufzuspringen und aus dem Krankenzimmer zu rennen.

Der Arzt führt noch einige Tests durch, erst nach einer halben Stunde lichtet sich langsam der Nebel in meinem Kopf. Zum Glück habe ich keine Gehirnerschütterung. Als Ma mich abholt, fragt sie mich viel zu laut, was zum Henker ich für Sachen mache und ob das jetzt wirklich nötig war.

Irritiert erwidere ich: »Hab mir die Flasche doch nicht selbst auf den Kopf gehauen.«

»Aber du musstest unbedingt an die Mauer laufen, ja?«

Wer ahnt denn so was?

Sie wirft mir einen genervten Blick zu und unterschreibt dem Arzt irgendeinen Schein, bevor sie mich am Ellbogen fasst und aus dem Behandlungszimmer führt. Offenbar findet sie mich schrecklich dumm, weil ich eben genau damit nicht gerechnet habe: einer Flasche.

Draußen auf der Straße bleibt sie jedoch stehen, umarmt mich fest und sagt: »Halt einfach ein bisschen Abstand, okay?«

Ich nicke und komme mir vor wie eingesperrt. Mir fällt wieder Mr Bergelson ein, der findet, dass wir in den *gated communities* so behütet aufwachsen.

Doch bevor ich etwas sagen kann, blitzt es plötzlich neben uns auf, und Honey hält mir ein Mikro unter die Nase. Wütend schlägt Ma danach. Die beiden geraten heftig aneinander, und ich ziehe Ma ein Stück zurück. Auch wenn Honey kein Statement von uns kriegt, weiß ich doch, dass mein Bild am Abend in den News zu sehen sein wird. Ich mit einem Riesenpflaster auf der Stirn und Blut auf dem Shirt. Die Schlagzeile wird lauten: *Angriff auf Astrokid.* Fünf Minuten später wird mich Erle anrufen und mir sagen, dass die Klicks zu meinen Songs hochgegangen sind.

Ich frage mich, ob dem Flaschenwerfer da draußen bewusst ist, dass er mit seiner Aktion dafür gesorgt hat, dass Erle und ich heute noch Geld verdienen werden. Und damit ausgerechnet Leute, die seiner Meinung nach sicher schon genug Geld haben. Vielleicht genügt dem Flaschenwerfer aber auch das Wissen darum, dass das Ganze echt wehgetan hat und mir die Narbe für immer bleibt. Fünf Stiche. Wie eine kleine Tonleiter.

»Wie hoch ist die Wahrscheinlichkeit dafür?«, fragt Pa, als er mich und meinen genähten Kopf sieht.

Er liebt seine Wahrscheinlichkeiten. Ständig kommt er uns damit. *Wie hoch ist die Wahrscheinlichkeit, dass ein Komet die Erde trifft? Wie wahrscheinlich ist es, dass es auf anderen Planeten intelligentes Leben gibt? Wie hoch ist die Wahrscheinlichkeit, durch Blitzeinschlag zu sterben?*

Wie wahrscheinlich ist es, von einer Flasche getroffen zu werden, wenn der Werfer einen hinter der Mauer nicht mal sehen kann?

Hoch genug offenbar.

»Das haben wir nun davon«, sagt Ma und setzt Tee auf.

Pa nimmt mich in den Arm und drückt mich so fest, dass ich schon befürchte, er könnte mir die Rippen brechen. »Du hast Glück, dass es deine Augen nicht erwischt hat.«

»Und Pech, weil ich keinen Pony trage, sonst hätte ich die Haare über die Naht kämmen können.«

»Na, wenn du noch Witze drüber machen kannst …«

Ich zucke mit den Schultern. Die Angst sitzt mir immer noch im Nacken, aber ich weiß nicht so genau, wovor.

Timofej, der in der Küche steht, will, dass wir Sanja endlich abholen. »Schaut euch doch mal an, was da draußen los ist!«, ruft er aufgebracht. »Die Leute drehen durch.« Er schüttelt den Kopf und wirft Pa einen finsteren Blick zu.

»Ich gebe ihr noch einen Tag, dann lasse ich sie holen«, antwortet der.

»Wozu willst du denn noch warten?«

»Sie soll die Chance haben, selbst zu kommen.«

»Du und deine liberalen Ansichten!«

Pa winkt wütend ab.

Einen Moment lang starren sie sich an, dann schüttelt Timofej noch einmal den Kopf und steht auf. Er deutet mit dem Zeigefinger auf Pa, bevor er Ma auf die Wange küsst und mir kurz die Hand auf die Schulter legt. Anschließend verlässt er den Bungalow, obwohl niemand auf ihn wartet. All seine Goodbyes zu anderen hat er schon vor Tagen gesagt. Seine Familie lebt hauptsächlich in Russland, seine Beziehungen halten nie lange, und seine Freunde arbeiten irgendwie alle in der Raumfahrt. Ich stelle mir vor, wie er abends in seinem eigenen spärlich beleuchteten Bungalow sitzt, während wir noch beim Essen sind, und weiß nicht, ob ich ihn beneiden oder seinetwegen traurig sein soll. Immer wenn Timofej uns verlässt, fehlt uns ein Instrument im Orchester unserer Familie.

Als ich eine halbe Stunde später aus dem Bad komme, in dem ich mir das Blut vom Hals gewaschen und das Shirt gewechselt habe, höre ich Ma und Pa im Wohnzimmer streiten.

Sie sind nicht laut, aber laut genug, damit ich sie verstehe. Ich stehe im Flur, das Handtuch noch um den Kopf gewickelt, und habe das Gefühl, als hätte sich die Schwerkraft der Erde auf einmal vervierfacht.

»Ist doch komisch«, sagt Ma, »da hab ich mein halbes Leben lang versucht, mich so alten Rollenbildern zu widersetzen, und muss feststellen, dass ich dem ältesten von allen genau in die Falle getappt bin: dem der wartenden Frau.«

»Ich hab dir nie etwas vorgemacht«, erwidert Pa und klingt so erschöpft, wie sie schon die ganze Zeit aussieht.

Ma schnaubt, dann seufzt sie lange. Schließlich sagt sie leise: »Nein, du hast nur zugesehen, wie ich mich in die Idee verrenne, zu glauben, dass du uns doch noch ein bisschen mehr liebst als diesen Haufen kalte Steine.«

»Das ist nicht fair.« Jetzt klingt er wirklich verletzt.

»Nein, ist es nicht.« Sie weint, und ich höre Schritte auf dem Laminat, dann ihr ärgerliches: »Lass das!«

Vielleicht wollte Pa sie trösten. Aber Ma war noch nie gut darin, Schwäche zu zeigen. Sie kommt auf den Flur, ignoriert mich und geht schnurstracks ins Schlafzimmer.

Kurz darauf kommt Pa aus dem Wohnzimmer. Als er mich sieht, zuckt er zusammen. »Deiner Mutter geht's heute nicht so gut«, sagt er und weicht meinem Blick aus.

Ich drehe mich um. »Ich bin kein kleines Kind mehr.«

Er ruft meinen Namen, und zögerlich wende ich mich ihm wieder zu. Er sieht mich nur an und sagt nichts. Genauso wie er nichts zu dem Flaschenwerfer gesagt hat, und langsam macht mich das wütend. Es ist mir bisher nicht aufgefallen, aber da ist dieses Kribbeln in meinen Schultern, das ich immer dann verspüre, wenn ich wütend bin. Und im Moment könnte ich mich kratzen, so schlimm ist es.

»Morgen geht es ihr wieder besser«, sagt er schließlich, und ich nicke, die Zähne fest aufeinandergebissen.

Ma schläft ihren Rausch aus.

Das ist alles. Nachdem wir vom Arzt zurück waren, hat sie so viel Wein getrunken, dass sie jetzt völlig hinüber ist. Das ist die Wahrheit. Ich kann's ihr nicht verübeln. Das hat sie auch schon gemacht, wenn er früher auf Mission war. Da gab es eben diese Tage, an denen hat sie uns bei ihrer Freundin Christin gelassen, und am nächsten Morgen, wenn sie uns wieder abgeholt hat, hat sie fürchterlich nach Alkohol gerochen.

Wir reden nicht darüber, es kommt nicht oft vor, und ich verstehe, dass sie sich ab und zu eine Auszeit gönnt. Keine Ahnung, ob Sanja davon weiß, auch wir beide reden nicht darüber. Ich habe meine Musik und Sanja Gott weiß was.

»Setz dich zu mir«, bittet Pa und deutet mit dem Daumen über die Schulter auf die Terrasse mit den zerschlissenen Korbmöbeln, deren Kissen diverse Flecken aufweisen.

Mir ist eigentlich nicht nach Reden zumute, deshalb bin ich ja joggen gegangen, aber weil ich unser Singen am Abend zuvor vergessen habe, gehe ich mit ihm raus.

Der Spätnachmittag ist angenehm mild im Vergleich zum Vormittag, nur die Mücken summen schon wieder. Ein hungriger Chor gieriger Blutsauger.

Wir setzen uns auf die beigen Kissen und starren raus aufs Meer, auf dem wie immer die Patrouillenboote fahren. Von einem Nachbarbungalow weht Grillgeruch herüber.

»Tut's noch weh?«, fragt Pa nach einer Weile, und ich zucke wieder einmal mit den Schultern.

»Der Arzt hat mir irgendein Schmerzmittel gegeben, das wirkt noch. Es zieht ein bisschen.«

Er nickt. »Du hast dir nie viel getan, außer das eine Mal bei deinem Unfall. Sanja war immer so ein Wildfang. Ich glaube, sie hat sich jeden Arm und jedes Bein gebrochen, oder?«

Wir starren noch ein bisschen länger aufs Meer. Der Grillgeruch wird stärker, und mit ihm weht Gelächter zu uns.

Pa räuspert sich. »Das ist meine größte Angst, dass irgendeinem von euch was passiert, und ich bin nicht da.« Er sieht mich an, wartet.

Ich schweige. Es gibt nichts zu sagen. Er wird nicht da sein.

Nach einer Weile sagt er leise: »Du weißt, dass ich nichts lieber will, als zu euch zurückzukommen, ja? Deine Ma, Sanja und du, ihr seid das Wichtigste für mich.«

Ein weiteres Nicken. Ich glaube ihm, dass er zurückkommen will. Aber da ist trotzdem noch diese eine Frage, die ich bisher nie gestellt habe.

»Musst du wirklich fliegen?«

Lange sieht er mich an, dann grinst er müde und antwortet: »Das Wandern liegt mir eben im Blut, das weißt du doch.«

Es ist ein alter, makabrer Witz in unserer Familie. Weil Pas Eltern 2001 im albanischen Aufstand in Mazedonien ermordet wurden und er in Deutschland adoptiert wurde, behauptet er, dass er immer auf der Suche nach einer neuen Heimat ist. Ma sagt dann immer, dass er langsam mal mit der Suche aufhören kann, weil wir seine Heimat sind. In den letzten Wochen hat sie das nicht mehr gesagt.

Oma und Opa sind extra vor drei Wochen aus Deutschland hergeflogen, um sich von Pa zu verabschieden. Drei Tage lang hat Oma nur geheult, und Opa hat Pa immer wieder auf die Schulter geklopft. Am Ende waren wir alle so erschöpft, dass wir fast froh waren, als sie wieder gefahren sind. Opa hat die ganze Zeit davon geredet, dass er Pas Rückkehr vielleicht nicht mehr erleben wird. Er ist der Einzige, der sich mehr Sorgen um seinen eigenen Tod macht als um Pas.

Es ist merkwürdig, obwohl Pa überhaupt nicht aussieht wie die beiden, ist jeder überrascht, wenn er erzählt, dass er adoptiert ist. Er klingt wie Oma und zieht die Augenbrauen zusammen wie Opa, wenn er nachdenkt. Jedes Mal, wenn jemand behauptet, man könne angenommene Kinder nicht lieben wie das eigene, werden alle drei fuchsteufelswild. Ich glaube, deshalb will Opa auch lieber an seinen eigenen Tod denken. Alles andere findet er unerträglich.

Pa räuspert sich. »Träume kosten«, sagt er. »Das ist die Wahrheit, die keiner ausspricht.« Diesmal sieht er mich nicht an, starrt nur in die Ferne. »Die Leute denken immer, dass man das große Glück gewinnt, wenn sich die eigenen Wünsche erfüllen, aber so funktioniert das nicht. Einen Traum zu leben, bedeutet immer auch, dass man etwas verliert.«

Sind wir *etwas*?

»Ich kann mir nicht vorstellen, dass ich es nicht tue. Besser kann ich es dir nicht erklären.«

Aber es muss besser gehen. Das ist er uns doch irgendwie schuldig. »Glaubst du wirklich, dass es uns dann besser geht, so als Menschheit, meine ich, wenn wir da hinfliegen?« Ich starre in den Himmel, hinter dessen gleißendem Tagesblau die Sterne ruhen. Das erste Sternbild, das Pa mir gezeigt hat, war Andromeda, die angekettete Jungfrau. Ihr Spiralnebel ist das am weitesten entfernte Himmelsobjekt, das wir noch mit bloßem Auge sehen können. Andere Väter erzählen ihren Kindern vom Weihnachtsmann und Osterhasen. Pa hat mir Geschichten von Außerirdischen jenseits der Andromedagalaxie erzählt. Wenn andere von *der Welt* reden, muss ich irgendwie immer daran denken. Meine Welt hört damit auf: mit diesem letzten sichtbaren Punkt. Für Pa reicht sie bis zum Mars.

Vielleicht ist an dieser Namenssache tatsächlich etwas dran, denke ich. Agan: *Sternschnuppe*. Als hätten Pas richtige Eltern geahnt, was er einmal tun wird, und ihn deswegen so genannt. Ist doch unglaublich. Was ich dann von meinem eigenen Namen halten soll, weiß ich allerdings nicht so recht. *Veilchen*. Nicht gerade imposant. Ma hat's da besser getroffen. Lea kann zwar die *sich vergeblich Mühende* bedeuten, aber eben auch die *Herrscherin* oder die *Löwin*. Im Moment passt irgendwie beides. Sollte ich jemals Kinder haben, werden sie Alissa, Farah oder Felix heißen. Auf jeden Fall etwas mit *Glück*.

»Alle großen Erfindungen wirkten am Anfang unglaublich«, sagt Pa in meine Überlegungen hinein, und ich antworte: »Ja, auch die Atombombe.«

Er wirft mir einen verärgerten Blick zu. »Das ist nicht dasselbe, und das weißt du auch. Es liegt dem Menschen nun mal im Blut, das Unbekannte zu entdecken. Wir sind nicht die Ersten, und wir werden nicht die Letzten sein. Der Mensch wird immer danach streben, mehr zu kennen, als er gerade weiß.«

»Also ist er immer unzufrieden mit dem, was er hat.«

Wieder trifft mich ein Blick, aber diesmal ist er nicht wütend, nur resigniert. »Was soll das, Ianthe? Du weißt auch, dass ich nicht unzufrieden bin, mit dem, was ich habe. Mit euch.«

Die Wahrheit ist, dass ich in letzter Zeit gar nichts mehr so richtig weiß. Aber vielleicht hat die Flasche auch nur irgendetwas in meinem Kopf durcheinandergebracht. Ich sehe Pa an und kriege kein richtiges Gefühl für die Melodie, die ich sonst mit ihm verbinde.

»Ich bin stolz auf dich, Ianthe, aber jedes Mal, wenn du auftrittst, mache ich mir auch Sorgen.«

Überrascht sehe ich ihn an.

»Jedes Mal, wenn dich so ein Betrunkener anpöbelt oder irgendwelche Kerle versuchen, dich abzuschleppen.«

»Ich passe schon auf. Ma hat mir doch schon eingebläut, dass ich meine Drinks nicht unbeobachtet stehen lasse oder irgendwas esse, was mir irgendjemand schenkt, den ich nicht kenne.«

Sie kennt die Tricks und passt auf wie ein Luchs, wenn sie dabei ist.

»Das ist alles richtig, aber das meine ich nicht. Da draußen gibt es eine Menge Spinner und auch kranke Leute, die eigentlich Hilfe bräuchten, sie aber nicht kriegen. Was wenn so einer mal auf dich aufmerksam wird? Ein Stalker, der sich in irgendwelche Fantasien verrennt und dir dann mit einem Messer auflauert. Oder dich auf offener Bühne erschießt. Gab es alles schon. Vor allem hier in den USA.«

»Willst du mir Angst machen?«

»Nein, ich will dir sagen, wovor *ich* Angst habe.«

Betreten sehe ich ihn an.

»Wir alle haben Ängste, aber würdest du mit der Musik aufhören, wenn ich dich jetzt deshalb darum bitte?«, fragt er und macht mich damit richtig wütend.

»Das ist doch total manipulativ, dass du das jetzt sagst!«

»Mag sein. Aber das ist Angst immer.«

Sein Blick bohrt sich in meinen, und zum ersten Mal wird mir klar, dass Pa einfach nicht versteht, dass nicht jeder so mutig ist wie er. Ich glaube, weil er niemanden so richtig braucht, begreift er einfach nicht, dass wir ihn brauchen.

Der Grillgeruch wird langsam unerträglich, und ein rauschendes Radio wurde angeschaltet, in dem irgendein nerviger Moderator ständig in die Songs reinquatscht. Von meinen Fußnägeln blättert der Lack ab.

»Ich glaube nicht«, antworte ich schließlich. Aber ich will auch nicht auf dem Mars Musik machen.

»Es tut mir leid«, sagt Pa, und ich nicke, weil alles andere zu schwer ist.

Anschließend schweigen wir wieder und lassen uns von den Geräuschen um uns herum einlullen. Das Kribbeln in meinen Schultern ist immer noch da. Genau wie dieses andere Gefühl in mir, das ich nicht benennen kann. Etwas Unausgesprochenes, das ich nicht zu fassen kriege. Meine Finger zittern ganz leicht, und ich frage mich, ob das Gefühl unter meiner Haut Enttäuschung ist.

Days Hours Mins Secs
018 18:45:12

Zum ersten Mal passiert es, dass unsere Seite unter dem Ansturm zusammenbricht.

Erle klatscht begeistert in die Hände und deutet immer wieder auf einen Bildschirm außerhalb des Sichtfelds, das mein Magmag anzeigt. »Das ist es, Baby! Dein Gesicht auf allen Kanälen!«

Mein blutverschmiertes Gesicht in jeder Nachrichtensendung. Die Augen erschrocken aufgerissen, der Mund leicht geöffnet. Ich sehe aus, als hätte ich einen Kampf hinter mir. Dabei habe ich nur blöd rumgestanden.

»Das war so nicht geplant«, versuche ich zu erklären, aber Erle winkt ab.

»Ist doch egal. Das ist jedenfalls super.«

»Ja, danke der Nachfrage, mir geht's gut.«

Er stutzt. »Klar. Ich meine, dir geht's doch gut, oder? Das ist doch nichts Ernstes?«

Einen kurzen Moment überlege ich, ihm ein Märchen aufzutischen. Um ihm eine Lektion zu erteilen, aber dann entscheide ich mich dagegen. Das alles erscheint mir viel zu anstrengend. Und Anstrengung kann ich gerade gar nicht gebrauchen.

»Es geht mir gut.«

»Gut. Gut, gut. Also, wenn du Zeit hast, dann schick doch eine kurze Nachricht an deine Fans, okay? Nichts Langes, nur ein paar Grüße, dass es dir eben gut geht oder so. Deine Kommentarliste explodiert gerade.«

»Ich wollte eigentlich die Woche nichts schreiben. Muss doch auch mal ohne gehen.«

»Na ja, aber mit so was hat ja keiner gerechnet. Lass die Leute wissen, dass es dir gut geht. Das bist du ihnen schuldig. Richtig?«

Keine Ahnung. Schulde ich irgendwelchen Fremden drei Zeilen, nur weil sie ein paar Cent für einen Song ausgegeben haben? Weil sie mir unter meinen Posts Herzchen hinterlassen, indem sie kurz auf eine Taste drücken? Wenn mir immer noch der Schädel brummt? Starlet vielleicht, aber Ianthe?

Starlet kann die Narbe überschminken.

Ianthe hat das blutige T-Shirt in den Müll geworfen, weil kein Waschmittel die Flecken je rauskriegen wird.

Starlet liest die obersten Einträge in ihrer Speakline und ist ganz gerührt, weil sie einige Namen kennt, die ihr von Anfang an folgen.

Ianthe merkt, dass ihre Speakline zum Schlachtfeld zwischen FM- und Missionsanhängern wird.

Und dazwischen persönliche Nachrichten von Freunden, denen ich allen dieselbe Zeile schicke: Mach dir keine Sorgen, mir geht's gut.

Am Ende habe ich eine halbe Stunde damit verbracht, einen Text für meine Kanäle zu verfassen, der nur lautet: »Danke für eure guten Wünsche. Es geht mir gut. Auch wenn ich aussehe wie ein Zombie.«

Kein Wort zur Mission, nichts über meinen Vater. Stattdessen höre ich in meinem Zimmer *City blood* von Rude Boy, weil es so schön melancholisch ist.

Ich bin keine Social-Justice-Ikone. Und ich will auch gar keine sein. Das ist Sanjas Ding. Oder Mas. Sanja will offenbar die Welt retten, während Ma denkt, dass sie schon verloren ist. Das erzählt sie jedenfalls immer. Eine Berufskrankheit, nennt sie es. Den ganzen Tag beschäftigt sie sich damit, Quellen zu prüfen. Sie sieht den Bullshit, den Leute im Netz oder in den News verbreiten. Wenn einer was sagt, quatschen es die anderen nach. Und dadurch werden die ganzen Fake News irgendwie zur Wahrheit.

Aber das sind sie nicht. Ma geht den Sachen auf den Grund. Sie verfolgt eine Info bis zur Quelle. Die Leute engagieren sie dafür, wenn sie wissen wollen, ob eine Behauptung wahr ist. Und es gibt immer mehr Leute, die das machen, was Ma macht. Weil es immer mehr Infos gibt. Keiner blickt mehr durch. Nicht mal die Leute, die richtige Nachrichten bringen wollen.

»Lügen sind was für Anfänger«, sagt Ma immer. »Wenn du den Leuten wirklich was verkaufen willst, darf es halt keine richtige Lüge sein. Es muss glaubwürdig sein. Es geht ums Weglassen und Hinzufügen. Um die Betonung.«

Ich frage mich, was Pa weggelassen hat, um uns zu versichern, dass er nach drei Jahren wieder auf der Erde landen wird. Und ob Ma seine Beteuerung als Fake News enttarnt hat.

Weil ich keine Lust aufs Schreiben habe, füge ich meiner offiziellen Nachricht noch ein Bild vom Strand hinzu. Mit meinen Zehen im Wasser und der Sonne am Bildrand. Das muss reichen. Erle ist zufrieden und stürzt sich mit Feuereifer auf die Hasskommentare.

»Gelöscht, Baby!«, schreit er dabei die ganze Zeit, während er mit Wucht über das Pad streicht. Die ganze Sache scheint ihm furchtbar viel Spaß zu machen. Und selbst ich muss über ihn lachen, obwohl mir dabei das Gesicht wehtut. Starlet und Ianthe gleichermaßen.

You say you care about me,
but will you still tomorrow,
beyond the screens,
under a pine tree.

Eine weitere halbe Stunde später ruft mich Sanja an. Sie sieht blass aus und fragt mich ohne Begrüßung: »Alles okay bei dir?«

»Nachrichten geguckt?«

»Lässt sich kaum vermeiden.« Sie sitzt offenbar auf Hanads Bett und hat die Knie angezogen.

Im Hintergrund streitet jemand, aber ich kann nicht verstehen, worum es geht. Sanja wirft nervöse Blicke über die Schulter und runzelt die Stirn. Vielleicht ist es da, wo sie jetzt ist, auch nicht besser als bei uns.

»Du siehst richtig scheiße aus, big sis«, sagt sie nach einem Moment.

»Danke.« Ich setze mich neben das Bett an die Wand. Die Knie angezogen, den Kopf auf die Hand gestützt. »Und ich dachte, die Farbe steht mir.«

»Die wollten dich nicht treffen, mit der Flasche, meine ich.«

»Das weiß ich selbst.«

Die Stimmen im Hintergrund werden immer lauter, aber noch immer kann ich nichts verstehen.

Sanja seufzt. »Hanads Dad hat sich heute mit zwei Typen angelegt, die vor dem Haus in einem Wagen saßen.«

»Bergelsons Leute.«

Sie nickt. »Er behauptet, dass die Regierung ihnen Druck machen will. Dass sie versucht, sie einzuschüchtern.«

»Das ist doch verrückt.«

»Ich weiß nicht … Dearing sagt, das sind die Methoden der Diktatoren. Sie tun gar nichts, sondern erwecken nur den Anschein, als ob. Die Angst davor, dass etwas passiert, ist schlimmer als die eigentliche Tat.«

»Was hast du denn mit dem zu tun?«

Sie zögert und antwortet dann vorsichtig: »Er war hier. Bei den Jamas.«

Bei mir schrillen alle Alarmglocken. »Deinetwegen?«

Misstrauisch schaut sie mich an. »Ja. Aber ich habe ihm gesagt, dass ich nicht vor die Kameras will.«

»Woher weiß er, dass du dort bist?« Ich erhalte keine Antwort, aber ich kann es mir denken. »Jemand aus Hanads Familie hat gequatscht.«

Noch immer keine Antwort.

»Schöner Freund.«

»Hanad kann nichts dafür. Er war genauso wütend.«

»Dann wird es nicht lange dauern, bis die Presse dort auftaucht. Dearing lässt sich das doch nicht entgehen.« Widerwillig merke ich, dass ich Mr Bergelson zitiere.

»Die Medien werden das jetzt auch wieder ausschlachten«, erwidert Sanja endlich, während sie auf mein Gesicht deutet.

»Dann sollten die FMler vielleicht nicht ihren Müll über die Mauer schmeißen«, sage ich ungehalten. Es ärgert mich, dass sie irgendeinen Fremden verteidigt, schließlich habe ich die Flasche wirklich abgekriegt und nicht nur zur Show.

»Genau genommen ist es auch dein Müll.«

Ich kann nicht mit ihr reden, wenn sie so drauf ist. Manchmal kommt es mir so vor, als würde jeder nur in Phrasen mit mir reden, um rüberzubringen, was er von mir will. Nur was jeder wirklich fühlt, das sagt niemand laut.

Auf einmal sieht Sanja ein bisschen schuldbewusst aus. »Ich vermisse euch«, sagt sie leise.

»Dann komm her.« Ich spiele meine Trumpfkarte aus: »Du hast dich auch noch gar nicht von Timofej verabschiedet.«

Sie zuckt zusammen und fängt an, auf der Unterlippe herumzukauen. Auf einmal sieht sie sehr jung aus, und ich würde sie gern in den Arm nehmen.

»Mal sehen«, sagt sie.

Das ist mehr, als ich erwartet habe.

Nachdem wir das Gespräch beendet haben, schaue ich noch mal auf meine Speakline. Die Kommentare haben sich ein bisschen beruhigt, und auch unsere Notebits-Seite läuft wieder. Erle hat mir ein kleines Video geschickt, in dem er einen Freudentanz aufführt. Als ich mich bei Notebits einlogge, sehe ich auch, warum. Wir haben in den letzten Stunden schon fünfhundert Dollar gemacht, und die Downloads gehen noch weiter, wenn auch langsamer als am Anfang.

Heute habe ich mit der Wut eines anderen Menschen Geld verdient.

Ein merkwürdiges Gefühl.

Days Hours Mins Secs

018 07:33:05

Der nächste Tag beginnt mit Tony an meinem Fenster. Sein energisches Klopfen reißt mich aus dem Schlaf. Müde hebe ich den Kopf. Ich bin erst gegen zwei Uhr nachts eingeschlafen, weil mir so viel durch den Kopf gegangen ist und ich zu lange Serien geschaut habe. Er klopft noch mal. Verschlafen drücke ich auf das Display neben dem Bett und öffne damit das Fenster. Warme Luft weht herein.

»Was machst du denn so früh hier?«, beschwere ich mich, während Tony hereinklettert.

»John hat den Tag durchgeplant, wir mussten alle schon um sieben Uhr aufstehen.«

»Und da kommst du zu mir?«

»Wollte nur mal sehen, wie's dir geht.«

»Würde mir besser gehen, wenn ich ausschlafen könnte.« Ich krieche wieder unter die Decke.

Es macht mir nichts aus, dass er in meinem Zimmer ist, wahrscheinlich weil wir uns schon so lange kennen. Tony interessiert es nicht, dass ich ungeschminkt bin, er fläzt sich in den Korbstuhl in der Ecke und sieht sich um.

»Euer Bungalow sieht aus wie unserer«, stellt er schließlich fest.

»Was hast du erwartet?«

Er zuckt nur mit den Schultern. »Tut's noch weh?«, fragt er nach einer Weile und deutet auf mein Gesicht.

»Was denkst du denn?«

»Schlimm?«

Ich schüttle den Kopf und beobachte, wie er die Beine anzieht, den Kopf auf die Knie stützt und dann eine kleine Tüte mit Pillen aus der Hosentasche zieht. Wieder nimmt er sich eine, ohne mir etwas anzubieten. Dabei sieht er so gedankenverloren aus, als wäre ich gar nicht im Raum.

»Sag mal, was nimmst du da eigentlich die ganze Zeit?«, frage ich schärfer als beabsichtigt. Der frühe Morgen hat mich auf dem falschen Fuß erwischt.

Tony blinzelt. Schaut mich an. Blinzelt erneut. »Das hilft mir, mich zu konzentrieren.«

»Worauf musst du dich denn konzentrieren?«

Er antwortet nicht, und ich habe ein ganz blödes Gefühl. Wir haben alle schon mal solche Muntermacher geschluckt, wenn die Prüfungszeiten zu stressig waren. Oder auf Bodymusicevents. Aber nie so oft hintereinander. Das Zeug kann erhebliche Nebenwirkungen haben, da muss man wirklich aufpassen. Ich erinnere mich an Clara, die zwei Wochen im Krankenhaus verbracht hat, weil sie sich heimlich am Bestand ihres Vaters bedient hat. Statt gut durch die Prüfungen zu kommen, musste sie das ganze Jahr wiederholen. Steht Tony wirklich so sehr unter Druck, dass er die Dinger auch jetzt braucht? Hier in der Morgensonne vor dem ersten Kaffee?

»Komm schon, schau mich nicht so an«, sagt er leise. »Du warst doch auch schon auf dem Happy-Hill-Festival.«

Das ist Floridas größtes Bodymusicfestival. Drei Tage lang Musik, Pflaster und Pillen und das Gefühl, seinen ganz eigenen Raketenstart zu erleben. Einen Monat Hausarrest hat es mir eingebracht, weil ich sechzehn und meine Teilnahme illegal war und Ma und Pa sowieso dagegen sind. Anschließend hab ich mir die Seele aus dem Leib gekotzt, weil ich die Pillen nicht vertragen habe. Meine Rakete ist ziemlich schnell verglüht und ihre Einzelteile sind ins Meer gestürzt. Da hatte sich der Reiz der Bodymusic ganz schnell gelegt.

»Spielst du mir was vor?«, fragt Tony und lehnt den Kopf mit geschlossenen Augen gegen die Fensterbank hinter sich. Dabei sieht sein Gesicht beinahe schmerzverzerrt aus.

»Jetzt?«

»Klar.«

Ich bin versucht, ihn einfach zu ignorieren, aber dann greife ich doch nach dem Silver Orb und setze mich auf. Die Sonne fällt ins Zimmer und färbt alles Orange, selbst Tonys schwarze Haare kriegen einen Rotstich. Das Meeresrauschen untermalt die ersten Töne, und draußen rumort irgendwer in der Küche. Ansonsten ist nichts zu hören. Nicht mal von den Protestierenden vor der Mauer. Außer John starten heute anscheinend alle langsam in den Tag.

Ich singe eines meiner älteren Lieder und dann noch einen Song von *Tinyyellowkittycat*, weil ich weiß, dass er die mag. Eigentlich kann man die kaum akustisch wiedergeben, weil sie so elektronisch arbeiten und der Text total banal ist, es geht eben um den Beat. Aber das scheint Tony egal. Sein Gesicht entspannt sich, sein Atem wird ruhiger. Meine Stimme ist noch vom Schlaf rau. Nichts für eine Aufnahme. Aber für diesen Morgen, an dem Tony vor seinem Vater flüchtet, reicht es.

I'm the one with the coffee,
you're the one who want's to smoke.
I'm the one running naked,
you're the one with the coat.
Yeah, yeah, yeah. Four in the morning.

Ich singe und singe. Meine Hände tanzen über den Orb, malen Spiralen in die Luft und schnipsen Moleküle über seine Oberfläche hinweg. Der Sensor im Orb übersetzt meine Bewegungen in Töne wie ein Dolmetscher Wörter von einer Sprache in die andere. Das ist es auch, was mir am Musikmachen mit dem Orb so gefällt, nicht nur dass mir der Computer ein ganzes Orchester zur Verfügung stellt, sondern dass ich mir vorstelle, wie ich diese winzig kleinen Teilchen in der Luft hin und her bewege und der Orb Töne erzeugt. Als wäre es die Musik der Moleküle.

Nachdem ich aufgehört habe, schweigen wir, bis Tony die Augen öffnet und mich wieder ansieht.

»Du bist echt gut.«

»Danke.«

»Das ist wirklich dein Ding, oder? Die Musik, meine ich.«

»Ich denke schon.«

Er nickt. Wartet wieder eine Weile, bis er unvermittelt fragt: »Betet deine Mutter auch so viel?«

»Ma? Nein. Wir sind nicht religiös, weißt du doch.« Ich lege den Silver Orb weg und lausche kurz nach draußen, aber es ist immer noch ruhig. Wenn Ma oder Pa gemerkt haben, dass jemand in meinem Zimmer ist, interessiert es sie nicht besonders. Wäre ja nicht das erste Mal.

»Hast du ein Glück.« Tony seufzt theatralisch. Das kann er ganz gut.

»Warum?«

»Meine Mom dreht langsam richtig durch.« Er tippt sich an die Schläfe. »Jeden Morgen sollen wir im Familienkreis beten. Und dann telefoniert sie mit ihrem Seelsorger.«

»Wenn's hilft.«

Ein finsterer Blick trifft mich. Vielleicht hat er eine andere Antwort erwartet, aber das ist nun wirklich kein Thema, bei dem ich ihm helfen kann. Pas Religion sind die Sterne, und Mas Familie hatte mit Kirche noch nie viel am Hut. Wenn der offizielle Missionspriester Teile der Rakete segnet oder selbst ernannte Wahrsager das Ergebnis des Flugs voraussagen, verdreht sie die Augen und verschränkt die Arme.

Ich selbst habe nie groß darüber nachgedacht, vielleicht weil ich meine Musik hatte. Und Sanja mag es sowieso nicht, wenn ihr jemand sagt, was sie für richtig halten soll.

Für Mr Bergelson sind die ganzen Gläubigen allerdings ein Problem. Vor allem die, die glauben, die Mission würde Gott herausfordern. Vor ein paar Jahren bei Pas zweitem ISS-Aufenthalt gab es eine radikale Gruppe, die sich *Ikarus* nannte. Sie waren der Meinung, dass Raumflüge nichts anderes seien als der Versuch, mit Wachsflügeln zu nah an die Sonne zu fliegen. Auf ihr Konto gingen ein halbes Dutzend Sabotageakte, bei denen drei Menschen starben, bevor die Gruppe ausgehoben und ihre Mitglieder verhaftet worden sind. Es gab Gerüchte, dass Dearing lose Verbindung zu *Ikarus* gehabt haben soll, aber da ist nie etwas Konkretes herausgekommen.

Das sind natürlich nicht die Einzigen, die etwas gegen die Mission haben. Die Vereinigten Arabischen Emirate haben eine Fatwa gegen die Mars-Mission ausgesprochen, weil sie glauben, dass es ein Selbstmordkommando ist. Und das ist laut Koran verboten. Deshalb kriegt Mr Bergelson jedes Mal Schweißausbrüche, wenn unter den Journalisten Frauen mit Hidschāb sind. Aber inzwischen glaube ich, dass er sowieso bei allem Schweißausbrüche kriegt.

Wenn es einen Gott gibt, hat er sicher nichts dagegen, dass Pa zum Mars fliegt, denke ich mir. Schließlich hat er den ja auch geschaffen. Dann freut es ihn doch sicher, wenn sich jemand seine Schöpfung anschaut.

»Ich weiß auch nicht«, sagt Tony in meine Gedanken hinein. »Bist du denn nie wütend?«

Sein Blick lastet schwer auf mir, beinahe anklagend, aber ich kann ihm keine klare Antwort geben. Alle scheinen sich ihrer Gefühle immer so sicher zu sein. Tony ist wütend,

Sanja verletzt und Ma enttäuscht. Pa will nur zum Mars, und Timofej nur seinen Job erledigen. Selbst Mr Bergelson scheint sich mit seinem Misstrauen irgendwie wohlzufühlen. Nur ich weiß nicht, wie mir zumute ist.

Sanja wirft mir vor, dass mir alles egal ist, aber ich glaube, meine Gefühle sind eher wie eine explodierende Galaxie. Sie dehnen sich in alle Richtungen aus, immer weiter und weiter. Ich glaube nicht, dass da bloß eine einzige Emotion in mir ist.

»Doch«, antworte ich. »Manchmal.«

»Und was machst du dagegen?«

»Ich gehe joggen.«

Tony verdreht die Augen. »Klar. Und gleich erzählst du mir noch, dass du dich gesund ernährst, und wenn du dir nur oft genug einredest, dass alles super ist, dann wird es auch eines Tages alles super sein.«

»Fake it, until you make it.« Ich grinse und stütze das Kinn auf die angezogenen Knie.

»Komm schon, Ianthe. Hast du nie das Bedürfnis, mal was zu zerschlagen?«

Bevor ich antworten kann, klopft es an der Tür. »Ianthe?«, ruft Ma, und ich schreie zurück: »Ja?«

»Bleibt Tony zum Frühstück?«

Ich sehe ihn fragend an, und er nickt zögerlich.

»Kann es sein, dass du am Schlafzimmer meiner Eltern vorbeigeschlichen bist auf deinem Weg zu meinem Fenster?«

Einen kurzen Augenblick sieht er peinlich berührt aus, und ich rufe amüsiert: »Ja!«

»Okay«, antwortet sie. »In fünf Minuten am Tisch.«

»Hast du öfter Leute zum Frühstück da?« Er steht auf und fährt sich durch die Haare. Vergebliche Liebesmüh, die dunklen Strähnen fallen, wie sie wollen.

»Wieso? Hast du gedacht, du bist der Erste, der an mein Fenster klopft? Ich bitte dich …« Ich ziehe mir ein Sweatshirt über und schlüpfe in die Hausschuhe.

Etwas, das Tony mit einem Kopfschütteln quittiert. »Da bist du typisch deutsch, was?«

»Bei Hausschuhen und Brot.«

Darauf lacht er so laut, dass Pa verwundert den Kopf zur Tür reinsteckt. »Alles klar bei euch?«, fragt er, und ich winke ab, während ich auf den Flur trete.

»Klar. Tony bekommt nur der Morgen nicht. Zu viel floridianische Sonne.«

Er rempelt mich im Vorbeigehen an und sagt über die Schulter: »Vorsicht, Starlet, sonst findest du ganz schnell ein Bild von dir im Netz, wie du versuchst, aus den Wellen an Land zu kriechen. Auf allen vieren.«

»Wann hast du das denn gemacht?«

»Tja. Das würdest du wohl gern wissen, was?«

»Das ist creepy.«

»Nein, es ist komisch. Ehrlich, du solltest dich mal sehen.«

»Kinder!«, sagt Pa, muss dabei aber grinsen, und ich grinse zurück.

Der Anfang dieses Tages ist in Ordnung. Wenn mich jetzt jemand fragen würde, wie es mir geht, würde ich nicht nur sagen: »Ganz gut«, sondern vielleicht sogar: »Ziemlich gut.«

Zwei Stunden später geht Ma mit mir zum Arzt, der sich die Naht noch einmal ansehen will. Auf dem Gang begegnet uns Bailey, der von seiner täglichen Untersuchung kommt. Er hebt den Daumen und grinst mich an. Ma drückt er im Vorbeigehen kurz den Oberarm. In der merkwürdigen Atmosphäre, die in allen Krankenhäusern herrscht, mag keiner von uns ein überflüssiges Wort sprechen.

Der Arzt ist mit der Wundheilung zufrieden, und wir werden schnell wieder entlassen. In diesem provisorischen Krankenhaus ist so wenig los, dass das alles nur zwanzig Minuten dauert. Diesmal wartet Honey nicht auf uns vor dem Gebäude. Auf dem Rückweg kratzt sich Ma schon wieder den Nacken, weil sie in der Nacht gestochen worden ist.

»Das ist mein süßes Blut«, sagt sie ärgerlich, und ich erwidere: »Wohl eher der süße Modergeruch von alten Sachen.«

»Ganz schön frech, Kleine.« Sie verpasst mir einen Klaps und zieht die Schuhe aus. »Ah«, macht sie zufrieden und wackelt ein paarmal mit den Zehen. »Das tut gut.«

Ich tue es ihr gleich, und barfuß laufen wir über den warmen Asphalt, der angenehm unsere Fußsohlen massiert. Weil hier nie jemand groß entlangkommt, gibt es keine Glassplitter und kaum Dreck. Unsere Füße werden hinterher trotzdem grau sein. Macht aber nichts, es fühlt sich einfach toll an.

Die Sandalen in der Hand, laufen wir eine Weile nebeneinanderher, bis sie plötzlich sagt: »Ich möchte zurück nach Deutschland.«

Ich bleibe stehen und sehe sie an. Ihr helles Sommerkleid mit den großen Blumen leuchtet beinahe.

»Nicht jetzt«, fügt sie hinzu und bleibt ebenfalls stehen. »Wenn alles vorbei ist.«

Meint sie damit, in drei Jahren oder wenn Pa etwas passiert?

»Ihr sollt euren Abschluss hier machen, aber dann …« Sie schiebt die Sonnenbrille ins Haar, kneift die Augen zusammen und reckt das Gesicht der Sonne entgegen. Im Licht der Mittagssonne wirken ihre Haare fast dunkelblond. »Ich will einfach zurück zu Oma Lotte. Zu meinen Freunden und …«

Weg von hier.

»Das ist er mir schuldig.« Sie sagt es leise. Mehr zu sich selbst als zu mir. Aber als sie mich wieder ansieht, liegt in ihrem Blick eine Frage.

»Ich weiß nicht, wo ich in drei Jahren sein will«, antworte ich ehrlich.

Langsam nickt Ma, dann seufzt sie. »Du bist wie dein Vater, weißt du das?«

»Was meinst du?«

»Du wirst mich auch eines Tages verlassen.«

Herrje. Das klingt überhaupt nicht wie Ma. Vielleicht sollten wir nicht so lange in der Sonne stehen. »Alle Kinder ziehen irgendwann aus«, erwidere ich und gehe weiter. Ich bin kurz davor, ihr eine Sandale an den Kopf zu werfen, so sehr ärgern mich ihre Worte. Wenn das Tony wüsste. Der würde sich kaputtlachen.

Sie kommt mir nach. »Das meine ich doch nicht. Du bist eben wie er, ihr verfolgt etwas, das ihr wollt, ohne dass ihr euch überlegt, wie es den anderen dabei geht.« Sie wirft mir einen Blick zu wie damals nach dem Happy-Hill-Stunt. »Denkst du, ich weiß nichts von dem Angebot?«

Überrascht zucke ich zusammen. Schweige. Stecke die Hände in die Hosentaschen.

Sie schnaubt. »Dieser Lono hat mich angerufen. Im Büro.«

Das hat er mir gar nicht erzählt.

»Er scheint ein ganz anständiger Kerl zu sein. Für einen Produzenten in der Musikbranche.«

»Aber du willst trotzdem nicht, dass ich weggehe.«

»Du bist zu jung und hast keine Ausbildung. Im Moment hast du noch nicht mal einen Abschluss.«

»Heutzutage muss nicht mehr jeder studieren.«

»Und wenn das mit der Musik schiefgeht, hast du gar nichts.«

»Es gibt genug Quereinsteiger. Dich zum Beispiel.«

Das Argument ärgert sie, weil sie es nicht von der Hand weisen kann. Nach einem Moment sagt sie: »Du wirst 3000 Meilen weit weg von uns sein.«

»Wir können uns trotzdem ständig über das Magmag sehen«, erwidere ich laut.

»Das ist nicht dasselbe, und das weißt du auch.« Ihr Blick wird vorwurfsvoll. »Es reicht nicht, dass dein Vater geht, nein. Du willst auch noch gleich abhauen. Und Sanja und ich bleiben zurück.«

Sie lässt es klingen, als würden wir sie im Kriegsgebiet zurücklassen. Als wäre ich aus der Welt. Ich bin doch immer noch auf demselben Planeten. Und es ist ja nicht so, dass sie nicht ihr eigenes Leben hätten. Wer weiß denn, was Sanja nach ihrem Abschluss macht? Vielleicht zieht sie ja für eine Weile nach Shanghai. Will Ma ihr das auch verbieten? Das ist doch nicht fair. Ich kann doch nicht auf mein Leben verzichten, nur weil Pa zum Mars fliegt! Was erwartet sie denn von mir?

Schon wieder seufzt sie, und ich schwinge schon mal die Sandale.

»Wahrscheinlich kann ich nicht verlangen, dass du das verstehst, Ianthe. Du bist noch ein Kind.«

»Oh bitte, ich bin schon lange kein Kind mehr.«

»Du denkst, weil du schon mal Sex hattest und Geld verdienst, bist du erwachsen, aber das bist du nicht. Noch nicht. Aber das ist nichts Schlimmes.« Sie greift nach meiner Hand, und ich bin versucht, sie aus ihrem Griff zu reißen. Aber dann entscheide ich mich dagegen, weil es mir kindisch vorkommt.

Langsam gehen wir weiter. In der sengenden Sonne zittern unsere Schatten auf dem Asphalt. Ma fragt mich nicht, ob ich Lonos Angebot annehmen will, aber sie verbietet es auch nicht. Stattdessen erzählt sie mir von der Arbeit und ihrer Freundin Christin, die schon wieder umzieht. Den ganzen Weg über zurück schwebt eine Securitydrohne über uns, und ich frage mich, ob Mr Bergelson mich von nun an zusätzlich bewachen lässt. Ob er Angst hat, dass ich noch einmal eine Flasche auf den Kopf bekomme? Ma scheint die Drohne jedenfalls nicht zu stören. Die Sandalen an ihrer Hand schlenkern hin und her, und wäre da nicht der verkniffene Zug um ihren Mund, könnte man glatt denken, wir hätten nie gestritten.

Days Hours Mins Secs
018 03:27:18

Wir sitzen gerade beim Mittagessen, als Pa einen Anruf auf seinem Magmag bekommt und vom Tisch aufspringt. Begeistert ruft er aus: »Verstehe. Ich bin sofort da.« Dann ist die Verbindung auch schon wieder unterbrochen. »Sanja ist da«, sagt er.

»Hier?« Ma klingt so erstaunt, wie ich mich fühle.

Aufgeregt nickt er, während er im Stehen noch eine Gabel Pasta in sich hineinschaufelt und Pesto auf sein T-Shirt spritzt. Während er in die Schuhe schlüpft, erklärt er: »Sie stand draußen vor dem Tor. Einfach so. Bergelson hat sie erst mal in Gewahrsam genommen.«

Und schon runzelt Ma die Stirn. »Wozu das denn?«

»Um sie zu durchleuchten.«

Das Runzeln vertieft sich.

Er winkt ab. »Keine Panik, reine Routine. Er wird ihr ein paar Fragen stellen, und das war's. Aber ich gehe sowieso hin, um sie abzuholen. Alles halb so wild.«

»Hast du nicht Training?«

»Das kann warten«, ruft er, schon auf dem Weg hinaus.

Nachdem die Tür ins Schloss gefallen ist, sehen Ma und ich uns an. Die Gabeln mit den Rigatoni noch in den Händen, auf halbem Weg zum Mund.

»Tja«, sagt sie.

»Tja«, sage ich.

Dann heben wir beide die Gabeln wie in Zeitlupe an unsere Münder, um weiterzuessen.

Sanja ist also wirklich gekommen.

Besser spät als nie, denke ich und verschlinge den Rest meiner Pasta. Ich bin froh, dass sie es sich anders überlegt hat. Vermutlich wird sie motzen und schreien, uns Vorträge halten und sogar etwas zerschlagen, wie Tony es sich so sehr wünscht, aber das ist egal. Weil es Pa egal sein wird. Er wird sie in den Arm nehmen können, und alles wird dadurch irgendwie leichter werden.

Auch für mich. Die Lücke neben mir schließt sich, und vielleicht stellt Ma zur Abwechslung mal Sanja ein paar unangenehme Fragen. Denn ich bin es ziemlich leid, dass sich Sanja alles erlauben darf, nur weil sie das Nesthäkchen ist.

Eine Stunde später steht sie im Wohnzimmer des Bungalows. Einen riesigen blauen Fleck am rechten Schienbein und ein Armband aus Muscheln ums Handgelenk. Ich sehe sie an und erwarte, dass sie irgendwie anders aussieht. Aber das tut sie nicht.

Pa steht neben ihr, den Arm um ihre Schultern, und grinst von einem Ohr zum anderen. Sanja wehrt sich nicht gegen die Umarmung, wie sie es sonst tut. Diesmal hält sie ganz still und knüllt sein Shirt in ihrer Hand zusammen. Neben ihr liegt die Reisetasche auf dem Boden. Sanja ist blass, das ist auch schon alles.

»Das Zimmer neben der Küche ist noch frei«, sage ich.

»Das kleinste, oder?«

»Wer zuerst kommt, mahlt zuerst«, antworte ich und grinse sie an.

Ihr Lächeln ist schwach, aber es ist da.

»Okay. Dann pack dein Zeug ein, und dann nichts wie runter zum Strand«, ruft Pa und löst sich von Sanja, um im Schlafzimmer zu verschwinden.

Ma geht derweil ins Bad, um die Strandhandtücher zu holen. Einen Moment stehen Sanja und ich uns in der Küche gegenüber und sehen uns einfach nur an. Dann senkt sie den Blick. Ich weiß nicht, ob sie froh ist, hier bei uns zu sein.

»Was hat Hanad dazu gesagt, dass du hergekommen bist?«

Sie schüttelt den Kopf.

»Er findet die Mission immer noch Mist«, beantworte ich meine Frage selbst.

»Ich finde sie auch immer noch Mist.« Sie tritt näher und berührt kurz mit dem Zeigefinger meine Schläfe. »Tut mir leid, dass dir das passiert ist.«

Ist sie deshalb zurückgekommen? Weil sie sich darüber erschreckt hat, was in der Nähe der FM passieren kann? »Geht schon«, sage ich.

»Trotzdem blöd.«

Ich nicke.

»Macht ihr noch was anderes außer Strand?«, fragt Sanja, während sie sich am Bauch kratzt und umsieht.

»Essen gehen.«

»Spannend.«

»Und wie. Das hältst du nur mit Astronautentraining aus. Wir anderen werden nach der Woche fett sein.«

»Dann lass uns noch mal an den Strand gehen, bevor uns irgendwer mit einem Wal verwechselt.« Sie schnappt sich ihre Tasche und geht ihr neues Zimmer inspizieren, während ich wie bestellt und nicht abgeholt in der Küche stehe.

Jetzt sind wir also wieder zu viert, und es sind noch mehr als zwei Wochen bis zum Lift-off.

Warum fühlt es sich dann so an, als wären wir jetzt schon jeder für sich auf einem anderen Stern?

Den ganzen Tag über redet Pa so viel wie lange nicht mehr. Es scheint, als wolle er die verlorene Zeit mit Sanja nachholen. Er rennt über den Sand, wirft uns in die Wellen und küsst Ma unter den Blicken der Soldaten und Drohnen, die uns bewachen. So ausgelassen habe ich ihn schon lange nicht mehr erlebt.

Sanja hingegen redet nicht viel. Ganz entgegen ihrer sonstigen Art sitzt sie meist stumm auf dem Handtuch, lässt Sand durch ihre Finger rieseln oder liest irgendwas auf ihrem Magmag. Aber ob es ein Buch ist, will sie nicht verraten. Hin und wieder beobachtet sie uns nachdenklich, und mir wäre es fast lieber, sie würde mir einen ihrer blöden Vorträge halten. Auf den apfelgroßen Gläsern ihrer Sonnenbrille spiegelt sich explosionsartig die Sonne, und manchmal grinst sie, wenn Ma aufschreit, weil Pa sie über die Schulter geworfen hat und mit ihr ins Wasser rennt.

Beim Essen wird Sanja von den anderen Familien begrüßt, niemand sagt etwas dazu, dass sie erst jetzt hier auftaucht, niemand will etwas über mögliche Familienprobleme wissen. Nach einer halben Stunde entspannt sich Sanja endlich und streckt die Beine aus.

Prianka und Tony schicken mir Nachrichten an meine Speakline. Prianka schlägt vor, dass ich Sanja später noch mit zum alten Wohnhabitat bringe. Ein paar der jüngeren Astrokids kommen auch. Tony stellt nur in einem Satz fest: *Das verlorene Schaf kehrt also doch heim.* Ich antworte ihm: *Selber Schaf.* Dann kommt mein Essen.

Diesmal ist es Pa, der vergisst, dass wir singen wollten, weil er zu beschäftigt ist, mit Sanja Karten zu spielen und alte Fotos anzuschauen. Ohne etwas zu sagen, legt er ein paar zur Seite, die er mitnehmen wird. Obwohl er unzählige Bilder auf einem Chip dabeihat, will er auch ein Dutzend auf Papier. Er wird sie über seine Schlafkoje klemmen. Hat er immer so gemacht. Er wird unseren Gesichtern eine gute Nacht wünschen und mit den Fingerspitzen Küsse auf unsere Fotos drücken. Er hat sogar einen Schal von Ma in einer Plastiktüte dabei, der nach ihr riecht. Aber das soll ich eigentlich nicht wissen. Ma hat es mir einmal verraten, als wir abends bei einem Piccolo zusammengesessen haben.

Nachdem sie sich ins Schlafzimmer zurückgezogen haben, packe ich Süßkartoffelcracker und Cola in einen Beutel und ziehe Sanja hinter mir aus dem Bungalow. Singen können wir auch noch morgen.

Das alte Wohnhabitat steht mitten auf dem Gelände zwischen einem Sportplatz und dem Postoffice. Es ist ein ausrangiertes frühes Modell der Marsunterkunft, das nur noch als Spielplatz dient und das die NASA für den Gebrauch auf der Erde umgebaut hat, damit man gut hineinklettern kann, ohne irgendwelche Luftschleusen verwenden zu müssen. Es besteht aus aufblasbaren Zylindern, die in kleine Schlaf-, Arbeits-, Wasch- und Aufenthaltsräume unterteilt sind. Das ist Pas Haus in seiner Zeit auf dem Mars. Nicht gerade luxuriös.

Über eine wacklige Leiter steigen wir nach oben und werden dort schon von Ronni, einem vorlauten Zwölfjährigen empfangen, der über irgendwas keckernd lacht und sich den Bauch hält. Hinter ihm drängen sich die anderen Astrokids, die vergeblich versuchen, cool zu wirken, während sie das Habitat erkunden.

Ronni hat gut lachen. Sein Vater ist Timofejs Ersatzmann. Er wird Weihnachten zu Hause sein.

Mir ist sofort klar, dass Tony oben im Schlafbereich ist und die Kleineren mit seiner finsteren Miene davon abhält, sich ihm anzuschließen. Ich klettere die nächste Leiter nach oben, dicht gefolgt von Sanja, die offenbar keine Lust hat, alte Bekannte zu begrüßen. Als ich durch die Luke in den niedrigen Raum krieche, in dem man nicht aufrecht stehen kann, sehe ich schon Tony und Prianka, die unter einem der Fenster auf einer Decke liegen und sich eine Flasche Wein teilen.

»Du willst mir aber nicht erzählen, dass du die auch reingeschmuggelt hast, oder?«, kommentiere ich.

Tony rückt ein Stück zur Seite, damit Sanja und ich ebenfalls auf der Decke Platz finden. »Nein, die hab ich dem Kellner im Restaurant abgeschwatzt.«

»Dafür können sie den armen Kerl feuern«, sagt Prianka.

»Musst ja nicht trinken, wenn du Gewissensbisse hast.«

Sie zuckt mit den Schultern und trinkt noch einen Schluck.

»Dachte ich mir.«

Als Sanja nach der Flasche greifen will, klopfe ich ihr auf die ausgestreckte Hand. »Vergiss es.«

»Komm schon, Ianthe.«

»Keine Chance.«

Beleidigt streckt sie sich aus und verschränkt die Arme hinter dem Kopf. Mürrisch starrt sie an die Decke, während Tony und Prianka grinsen.

»Ich könnte das nicht«, sagt Sanja nach einer Weile. »Die ganze Zeit in diesem Ding leben. Da kriegt man ja Platzangst.«

»Deshalb suchen sie ja nach Leuten, die das nicht kriegen«, entgegnet Tony.

»Trotzdem«, sagt Sanja, aber keiner weiß, was sie damit meint.

Unten ist die Stimmung ausgelassen, das Lachen der anderen dringt zu uns hoch. Hin und wieder erscheint in der Luke ein Kopf, aber keins der Kinder traut sich vor.

Niemand schaut hier auf die Uhr, was spielt es für eine Rolle, wann wir ins Bett gehen in dieser Woche? Irgendwann gegen elf bringt uns Bailey Curry mit Algen vorbei. Seine Tochter ist gerade mal zehn, aber jetzt schon so groß wie Sanja. Nachdem er einen Blick auf die Menge geworfen hat, zieht er sich lachend wieder zurück und überlässt uns wieder unserem Schicksal. Das alles hat irgendwie was von Kindergeburtstag, aber es ist nett.

Während wir das kalte Curry essen, will Tony von Sanja wissen, wie es mit Bergelson war, und ihr Blick verfinstert sich von einer Sekunde auf die andere.

Lustlos stochert sie in ihrer Schüssel. »Der Typ ist extrem. Irgendwie besessen.«

»Wie meinst du das?«

»Na, der ist total paranoid.« Sie tippt sich an die Stirn.

»Kein Wunder«, erwidert Prianka.

Sanja wirft ihr einen irritierten Blick zu.

»Ist doch wahr. Sieh dir Ianthe an. Die sind doch völlig übergeschnappt da draußen.«

Es ist klar, wen sie mit »die« meint, und sofort fährt Sanja auf: »Sind sie nicht!«

»Na, wenn du das sagst.«

»Du hast doch keine Ahnung, was da draußen passiert.«

»Na ja, du bist auch nicht gerade am Rand der Gesellschaft aufgewachsen«, schaltet sich Tony dazwischen, aber er klingt nicht unfreundlich.

»Das heißt aber nicht, dass ich blind bin.«

»Sei doch froh, wenn die endlich das verdammte Ding starten«, sagt Tony und dringt damit irgendwie genau zu dem Problem vor, das Sanja eigentlich zu schaffen macht. »Dann ist der ganze Zirkus wenigstens vorbei.«

»Du bist ja betrunken«, antwortet sie wütend.

Er schüttelt den Kopf. »Nicht sehr.«

»Du hast doch keine Ahnung«, schiebt sie hinterher und stützt das Kinn auf die Knie.

»Ihr könnt ganz von vorn anfangen. Glaub mir, es dauert kein Jahr, dann hat eure Mutter einen Neuen. So wie die aussieht.«

»Hör auf«, herrsche ich ihn an, weil mir das nun auch zu weit geht.

»Ich sag ja nur.«

»Du bist doch nur sauer, weil du deinen Dad nicht leiden kannst«, fährt Sanja auf. »Das hat nichts mit uns zu tun.«

Darauf antwortet er nicht, zuckt nur beleidigt mit den Schultern und trinkt noch was. Tony kann ein ganz schöner Stinkstiefel sein, aber er ist nicht bösartig. Es wäre leicht, Sanja jetzt wehzutun, also tut er es nicht. Manchmal kommt er mir vor wie ein verletztes Tier, das nur aggressiv knurrt, wenn man ihm zu nahe kommt, aber ansonsten leckt es seine Wunden.

Dabei ist an seinen Worten schon etwas dran. Sanja kann sich Ma nicht ohne Pa vorstellen, aber ich frage mich manchmal, was sie tun wird. Wird sie drei Jahre auf ihn warten? Drei Jahre lang keinen Sex haben? Haben sie darüber gesprochen? Ich kann sie nicht danach fragen.

Wir schweigen, keiner hat Lust, sich zu streiten, nicht mal Sanja. Stattdessen lauschen wir der Musik, die zu uns hereinschwebt, weil irgendwer unten sein Magmag laut gestellt hat.

»Scheißmusik«, sagt Prianka und zwirbelt ihren Pferdeschwanz.

»Was sagst du dazu, Ianthe?« Tony stupst mich an.

»Sie hat recht. Scheißmusik.«

Er grinst und nickt.

»Kann ich ein Selfie mit dir machen, kann ich, kann ich?«, ruft Prianka übertrieben und rückt an mich heran. Sie hebt den Arm, unsere lachenden Gesichter im Fokus ihres Magmags. »Du bist ja so berühmt!«

»Lass das«, sage ich prustend und versuche, sie von mir wegzuschieben. Aber sie klammert sich weiter an mich, und wir fallen hintenüber.

»Kaufst du mir später mal ein Haus, wenn du reich bist?«, fragt sie, als wir nebeneinander auf der Decke liegen.

Ich wende ihr den Kopf zu. »Du kannst dir selbst ein Haus leisten, wenn du Ärztin bist.«

»Trotzdem könntest du mir eins schenken.«

»Du spinnst.«

Zustimmend nickt sie, worauf wir wieder in Gelächter ausbrechen. Tony schüttelt nur den Kopf, Sanja schiebt die leeren Essensbehälter zusammen, und Prianka und ich beginnen lauthals, den Song mitzusingen, der in das Schlafhabitat hereinweht. Ich fühle mich unbeschwert und schließe die Augen.

Ich habe keine Lust zurückzugehen. Ich werde Sanja dazu überreden, heute Nacht mit mir hierzubleiben. Eine Nacht so liegen, wie Pa es für drei Jahre tun wird.

Days	Hours	Mins	Secs
016	21:	53:	38

Der nächste Tag steht ganz im Zeichen der Familien. Die NASA hat ein großes Picknick am Strand organisiert, bei dem eine Live-Band spielt und eine fröhliche Blondine den Kids Schmetterlinge und Blumen auf die Wangen malt. Die Älteren lassen müde die Köpfe hängen und liegen schläfrig auf den Decken, weil sie in der Nacht zuvor so wenig geschlafen haben.

Natürlich filmt Honey die ganze Angelegenheit.

Er und sein Team huschen durch die Menge, die es sich um die Bierbänke und Klapptische bequem gemacht hat. Die Band spielt gegen das Lachen und Schwatzen der Crew an, alles erinnert ein bisschen an eine 4.-Juli-Feier. Ich singe ein paar Songs mit der Band, deren Lead mir anerkennend auf die Schulter klopft, und Teri lässt sich dazu hinreißen, das Tamburin zu schwingen. Sie hat als Schülerin in einer Band gespielt.

Im Sand neben der improvisierten Bühne steckt eine riesige NASA-Fahne, der Jinjin einen irritierten Blick zuwirft. Die chinesische Geologin der CNSA redet nicht viel und bleibt oft für sich, aber Pa sagt, sie wäre unersetzlich für die Mission und in den sibirischen Trainingslagern hätte er ihre unaufgeregte Art zu schätzen gelernt.

Es ärgert sie offenbar, dass die Flaggen der anderen beteiligten Raumfahrtbehörden nicht zu sehen sind. Mit verkniffenem Mund geht sie weiter zum Buffet. Ich tue es ihr gleich.

Nach einem Steak, Krautsalat und Burger bin ich so satt, dass nicht mal die Aussicht auf Eis mich von meinem Platz auf der Bank hochbringt. Wie die anderen brate ich in der Sonne und versuche, mir so viele Bilder wie möglich einzuprägen. Hin und wieder filme ich, weil ich meinen Erinnerungen nicht traue. Sie verschwinden so schnell oder werden von neuen überlagert, und ich habe Angst, dass die Bilder der kommenden drei Jahre die Eindrücke dieser Tage verdecken.

Auch Sanja hält ihre Bilder fest. Immer wieder hebt sie den Arm, um Ma und Pa aufzunehmen. Oder das Gelände um uns herum, als wären wir beim Sightseeing. Sie läuft barfuß und hat einen lächerlich großen Strohhut auf, von dem ich nicht weiß, woher sie ihn hat. Irgendwer muss ihn ihr gegeben haben. Ihr Gesicht liegt im Schatten der breiten Krempe.

In manchen Augenblicken kommt es mir so vor, als würde sie mich meiden, als hätte sie Angst vor Diskussionen. Immer wieder sehe ich sie in ihr Magmag sprechen, doch sobald ich in ihre Nähe komme, beendet sie die Gespräche und schließt mich aus.

Tony glänzt durch Abwesenheit, und ich versuche nicht, ihn herzulocken. Dafür amüsiert sich Prianka umso besser. Sie flirtet mit dem Drummer der Band und erringt den entscheidenden Punkt beim Beachvolleyball. Danach lässt sie sich zehn Minuten lang von ihrem Team auf den Schultern tragen, und ihr pinkfarbenes Haar leuchtet in der Sonne wie Plastik. Ihr Lachen ist so ansteckend, dass wir einen Moment alle vergessen, warum wir eigentlich hier sind, und uns einfach amüsieren.

Als es dunkel wird, werden die Lampions und Fackeln angezündet, und Ma lehnt den Kopf an Pas Schulter. Sie sitzen auf einer Decke am Wasser und lassen sich die Zehen vom Wasser umspülen. Sanja hat sich irgendwohin verkrümelt, und selbst die Boote auf dem Wasser scheinen wie weit entfernte Laternen. Uns erfasst eine seltsame Trägheit, die Sonne und zu viel Essen mit sich bringen. Die Band hat längst aufgehört zu spielen, stattdessen steuert ein DJ die Songs. Es ist eine krude Mischung, weil sich die Leute alles Mögliche wünschen. Jeder will vor dem Abflug noch einmal seinen Lieblingssong hören. Oder den, zu dem er das erste Mal getanzt hat, oder den er nachts im Auto auf dem Highway am liebsten hört. Oder in der Dusche. Natürlich hat auch immer irgendwer was zu meckern. Prianka überredet mich dazu, ein paar Lieder auf dem Silver Orb zu spielen, und endlich kommt Pa dazu, mich laut und schief zu begleiten. John verbietet ihm, die nächsten drei Jahre während des Flugs auch nur eine Note zu singen. Der Rest der Crew bekräftigt das Verbot.

Als ich Honey schon wieder auf mich zukommen sehe, der offenbar keinen Feierabend kennt, stehe ich doch von meinem Platz auf und flüchte in die Dünen. Der Wind ist sanft, und das schummrige Dunkel hüllt mich ein wie ein Mantel. Ich will nur ein paar Meter Abstand gewinnen, um einen Moment Ruhe vor den ewigen Fragen zu haben.

Dabei stolpere ich fast über Timofej, der versteckt zwischen zwei Dünen sitzt und aufs Wasser starrt. Seine Turnschuhe stehen neben ihm, und er hat die Zehen im Sand vergraben.

»Entschuldige«, sage ich und deute hinter mich. »Honey ist schon wieder mit der Kamera unterwegs, da bin ich abgehauen.«

»Kein Problem«, erwidert er. Sein Akzent ist deutlich zu hören.

Das kommt selten vor, weil er selbst in Momenten, in denen er aufgeregt ist, kaum noch wie ein Russe klingt. Dabei mag ich seine Sprachmelodie ganz gern. Als Sanja und ich noch klein waren, hat er uns manchmal russische Lieder vorgesungen, deren Text wir nicht verstanden. Wenn er dabei gelacht hat, wussten wir, dass es anzügliche Trinklieder sind.

»Ganz schön viel Trubel, was?«, sagt er und deutet nun ebenfalls hinter mich.

»Ja. Ich brauche einfach mal eine Pause.«

»Versteh ich.« Ohne mich anzusehen, streckt er mir die Handfläche entgegen, auf der kleine rote Pillen liegen. »Willst du eine?«

Überrascht lasse ich mich neben ihn in den weichen Sand fallen. »Darfst du so was überhaupt nehmen?«

Er schnaubt amüsiert und wirft mir einen kurzen Blick zu. »Was glaubst du denn, was sie uns in die Medikamentencocktails mischen, die wir auf der Mission nehmen? Wir werden so mit Stimmungsaufhellern vollgepumpt sein, dass wir glauben, wir fliegen der Sonne entgegen.«

Ich kann seinen Ton nicht deuten.

»Außerdem sieht man die hier«, er hebt die Hand ein Stück höher, »weder im Blut noch im Urin. Ist nichts Wildes, hat dieselbe Wirkung wie zwei Wodka. Denkst du, ich will dich vergiften, oder was?«

Ich nehme mir eine und schlucke sie trocken runter. »Pa würde ausflippen, wenn er wüsste, dass du mir die gibst.«

»Dein Pa muss nicht alles wissen. Außerdem ist er selbst kein Kind von Traurigkeit.«

»Oh, erzähl.«

Er wirft mir erneut einen Blick zu. »Besser nicht. Manchmal vergesse ich, dass du und Sanja noch so jung seid.«

»Das hat Ma gestern auch schon gesagt.«

»Dann wird's wohl stimmen.« Er streckt die Beine aus, und ein Schwarzkäfer krabbelt ihm über den Knöchel.

Ich bin versucht, den Käfer wegzuschnippen, aber Timofej scheint es nicht zu stören, also bleibe ich einfach ruhig sitzen.

Er ist immer derjenige gewesen, der mit mir nie wie mit einem Kind geredet hat. Timofej hat nie über mich gelacht, und er hat nie gesagt, wie groß ich geworden bin, wenn er mich eine Weile nicht gesehen hat. Das ist einer der Gründe, warum ich ihn mag. Er wird mir fehlen. Ob wir ihm auch fehlen werden?

Während die Kühle des Sandes langsam durch meinen Hosenboden dringt, betrachte ich Timofej. Im Nachtschatten verschwinden die tiefen Falten um seine Nase, und er sieht jünger aus. Ich versuche mir vorzustellen, wovon er geträumt hat, als er so alt war wie ich, und frage mich, wovon er träumen wird, während er aus der Rakete ins All schaut oder in den Marshimmel über sich.

Er bemerkt meinen Blick und fragt: »Was denn?«

»Nichts. Ich schaue nur.«

»Hast du Angst, dass ich mich in Luft auflöse?«

»Du hast mir gerade Pillen angeboten, entschuldige bitte, wenn ich da einigermaßen verstört bin.«

Er lacht. »Aber dazu ist diese Woche doch da, oder? Dass man noch mal über die Stränge schlägt. Schließlich kann ich das jetzt drei Jahre lang nicht mit dir machen.« Sein Ton soll leicht klingen, aber es schwingt etwas darin mit, das mir seltsam vorkommt. »Nächstes Jahr bist du fertig mit der Schule, und wenn ich wiederkomme, machst du sonst was. Genau wie Sanja. Ich kann mir nicht mal die Jungs ansehen, die dir hinterherlaufen.«

Ich schnaube. »Keine Bange, ich hab ein gutes Idiotenradar.«

»Das hast du von deiner Mutter.«

Ich kenne seine Melodie so gut wie alle anderen in meiner Familie, und an diesem Abend ist sie schwerer als sonst.

»Dein Freund Tony ist übrigens ganz gut darin, was?«

»Im Idiot sein?«

»Nein, im Über-die-Stränge-schlagen. Bergelson hat John wegen des Alkohols einen Vortrag gehalten.«

»Mist.« Ich werfe einen Schilfhalm, der neben mir gelegen hat, ein paar Meter vor mich.

»Es sind die Drohnen, damit sieht man einfach alles.«

Mir war ja klar, dass unser kleines Whiskeyabenteuer am Strand nicht unbemerkt bleiben würde, aber dass Bergelson ausgerechnet Tonys Vater anhaut, ist schon blöd. Sicher hat Tony deswegen Ärger gekriegt. Vielleicht ist er darum zu mir durchs Fenster gestiegen.

Ich blinzle in den dunklen Himmel. Die Sterne funkeln wie in jeder Nacht, und langsam kriecht mir eine angenehme Schwere in die Glieder. Die Innenseiten meines Kopfes wattieren sich selbst aus. Der Gedankenwirbel legt sich wie ein Tornado am Ende seines Zyklus, und eine leise Flötenmelodie schlängelt sich durch die Windungen meines Gehirns.

»Die nimmst du aber nicht mit hoch, oder?«, sage ich, während ich mich nach hinten in die Dünen fallen lasse und mich das Gras am Hals kitzelt. Nur der Mond steht blass hinter einer Wolkenkette, milchtrüb und überflüssig – jetzt, da wir den Mars haben.

Mich erfasst eine sentimentale Sehnsucht nach diesem treuen Erdbegleiter, die mir fast die Tränen in die Augen treibt. Er ist wirklich unfassbar schön.

»Macht sich bestimmt gut, wenn ich high auf dem Mars spazieren gehe«, erwidert Timofej und lässt sich neben mich fallen.

Unsere Schultern berühren sich, und ich kann seine Wärme durch mein T-Shirt spüren. »Du wärst der Erste.«

»Ich bin sowieso der Erste.«

Das stimmt wahrscheinlich nicht. Vermutlich wird es John sein, der als Erster den Fuß auf den Mars setzt und damit für immer in die Geschichtsbücher eingeht, aber das ist egal. Timofej drängt sich nicht ins Spotlight. Während der offiziellen Auftritte steht er immer ein bisschen hinter Pa, der das Reden für beide übernimmt.

Das Schweigen, das sich zwischen uns ausbreitet, ist angenehm und hat nichts von der drückenden Schwere wie die stillen Momente zwischen Ma, Pa und mir. Das Rauschen der Wellen lullt uns ein und wäscht die Sorgen von mir ab. Ich wünschte, ich könnte ewig so hier liegen.

»Sie steckt's nicht gut weg«, sagt er auf einmal unvermittelt, und ich brauche einen Augenblick, bis ich begreife, von wem er redet.

»Ma?«

Er nickt.

Ich hebe den Kopf und sehe zurück zu der feiernden Gruppe. Ich kann Ma an ihrer hellen Hose erkennen, sie tanzt mit Pa nah an einem Lagerfeuer. Es sieht nicht besonders elegant aus, weil man sich auf dem Sand selten elegant bewegt, aber sie scheint Spaß zu haben.

»Wusstest du, dass ich mal in sie verknallt war?«, fragt Timofej und beobachtet sie dabei genauso wie ich. Wir müssen merkwürdig aussehen, wie wir uns da auf die Ellbogen stützen und die Köpfe heben.

Ich verziehe das Gesicht, und er lacht erneut. Wahrscheinlich hat er schon ein paar mehr Pillen intus als ich.

»Als dein Vater sie das erste Mal mitgebracht hat, hat's mich schon erwischt. Sie war ein ziemlich heißer Feger damals.« Er lacht noch lauter, aber außer mir hört das niemand, die Musik ist zu laut. »Dein Vater hat's mir nicht übel genommen. Gegen ihn hatte ich sowieso keine Chance.«

Es ist ein komischer Gedanke, sich vorzustellen, dass Timofej vielleicht mein Vater hätte sein können. Denkt er das auch manchmal, wenn er mich ansieht?

»Das ist alles so lange her …« Er reibt sich das Gesicht. »Ehrlich, du glaubst das vielleicht nicht, aber deine Mutter konnte in einem Raum allein mit ihrem Lachen gute Laune verbreiten.«

Jetzt wirkt sie die meiste Zeit frustriert. »Ich glaube, sie wäre am liebsten gar nicht hier.«

»Wahrscheinlich.«

Wir lassen uns wieder in den Sand fallen und verschränken die Arme auf den Bäuchen. Irgendetwas krabbelt mir übers Bein, aber ich kann mich nicht dazu aufraffen, es wegzuschnippen. Wird schon kein Skorpion sein.

»Früher hat sie immer große Reden geschwungen, wenn Pa auf Mission war«, sage ich, ohne Timofej anzusehen.

»Wie toll es ist, dass er ein Ziel hat, dass sich mal alle an ihn erinnern werden …« Ich stecke die Finger in den kalten Sand. »Und jetzt erträgt sie es kaum, mit uns zu Abend zu essen.« Fast sage ich: *Sie ist so eine Heuchlerin.* Aber das scheint mir dann doch zu hart, um es in Worte zu fassen, auch wenn das Gefühl irgendwie da ist und mir im Magen brennt.

Er schweigt eine Weile, bevor er weiterredet. »Kann schon sein. Ich kenne deine Mutter ziemlich gut, weißt du. Sie ist großartig, aber sie ist auch ein bisschen kompliziert. Ich weiß, in deinem Alter hört man das nicht gern, wenn jemand sagt, dass du das irgendwann verstehen wirst, aber so ist das nun mal. Das Leben ist kompliziert, und manchmal empfinden wir zwei gegensätzliche Dinge auf einmal.«

»Du meinst, sie bewundert ihn und hasst es trotzdem, dass er geht?«

Er brummt zustimmend. »Lea ist in einem Hoffnungsjahrzehnt geboren. Damals in den Neunzigern schien alles möglich zu sein. Die Leute waren optimistisch. Das ist so ein Grundzug bei ihr. Wahrscheinlich hat sie tief drinnen immer gedacht, dass Agan am Ende doch hierbleibt.«

Er spricht es nicht aus, aber es hängt zwischen uns, dieses: *euretwegen.*

»Ich werde sie vermissen. Euch alle.« Nun sieht er mich doch an, und seine Augen glänzen verdächtig.

Manche machen die Pillen rührselig.

»Manchmal denke ich, wir machen alle einen riesigen Fehler«, flüstert er. »Wir haben so vieles noch nicht getan. Hier unten, meine ich …«

Ich kann nichts sagen. Also stoße ich ihn nur mit der Schulter an, und er rempelt zurück. Minuten vergehen.

»Hab mal ein Auge auf deine Schwester«, sagt er dann, während die Wellen auf das Ufer vor uns treffen und rauschend auslaufen.

»Der geht's gut.«

»Mhm.«

»Wieso?«

»Nur so ein Gefühl.«

»Sie ist eben traurig.«

»Sie ist still.«

»Ich glaube, sie will sich einfach nicht streiten.«

»Klingt nicht nach Sanja.«

Ich seufze. »Ich weiß.«

Wir liegen nebeneinander, unsere Arme berühren sich, und die Stimmen der anderen dringen gedämpft zu uns herüber. Wir haben beide keine Lust, unser Versteck in den Dünen zu verlassen. Der Wind streicht mir übers Gesicht, und unter dem Einfluss der Pille klingt das Meeresrauschen wie Gemurmel. Vielleicht haben wir mit unserem Fest ja die Meerjungfrauen angelockt. Vielleicht schauen sie neugierig und ein bisschen neidisch auf die Tänzer am Feuer. Wer kennt schon die Sehnsüchte von Meerjungfrauen? Ich kenn nicht mal meine eigenen gut genug. Ich weiß nur, dass ich unbedingt nach Seattle will, um mit Lono an meinem Album zu arbeiten. Aber darüber hinaus?

Timofej fängt leise an zu summen, und ich greife nach seiner Hand. Beinahe schmerzhaft verschränkt er unsere Finger ineinander. Wir sagen nichts. Halten uns nur fest. Für eine lange Zeit.

My fear is all shades of blue
like an ocean wave.
Dark and wild in freezing depths
where nightmare creatures come for you.

Days Hours Mins Secs
016 01:14:02

Weil wir nicht noch einen Tag am Strand ertragen, gehen wir ins Kino. Aber auch dort schwitzen wir, weil die Klimaanlage viel zu schwach eingestellt ist. Die NASA will vermeiden, dass sich die Astronauten einen Schnupfen holen.

Wir sehen uns *City Monsters* an. Ein animierter Film nach einer Geschichte von Man-Lei Cheung. Er handelt von einem Jungen, dem ein Monster zuläuft, das er unter seinem Bett in einem alten Koffer versteckt. Später erfährt der Junge, dass es noch weitere solcher Stadtmonster gibt, die unbemerkt durch die Straßen huschen. Natürlich gibt es auch einen bösen Nachbarn, der Jagd auf die Stadtmonster macht, und natürlich wird er am Ende besiegt. Keine große Überraschung, aber lustig. Und die Musik ist toll.

Wir sitzen zu viert nebeneinander, Popcorntüten auf den Knien, die Colabecher im Getränkehalter und die Füße auf den Lehnen vor uns. Ich war schon ewig nicht mehr im Kino, gibt ja nicht mehr so viele davon.

Die Dunkelheit hilft dabei, meine verquollenen Augen zu verbergen. Timofej und ich sind am Strand eingeschlafen, mitten in der Nacht hat uns dann Ma geweckt. Missbilligend hat sie den Kopf geschüttelt, aber nichts gesagt, worauf Timofej sie entschuldigend auf die Wange geküsst hat.

Das Aufstehen am Morgen ist mir schwergefallen, aber wenigstens habe ich mich nicht wieder übergeben. Jede

Nacht, die ich durchschlafe, scheint mir ein Sieg. Selbst wenn ich verworren von Meerjungfrauen in Astronautenanzügen träume.

Außer uns sind nur noch zwei andere Familien da, aber die sitzen weiter vorn im Saal. Ein paarmal lachen wir alle richtig laut, manchmal ist nur das Kauen und das Gegrapsche nach dem Popcorn zu hören. Der Geruch nach Butter liegt in der Luft, und mitten in einer traurigen Szene verschluckt sich Sanja so an einem Maiskorn, dass sie fünf Minuten lang hustet. Das alles erinnert mich an früher, als wir in den Sommerferien mit Oma und Opa in die Nachmittagsvorstellungen gegangen sind. Jedes Mal gab es Streit, weil Sanja manche Filme noch nicht sehen durfte, die ich gern sehen wollte, und ich keine Lust auf das hatte, was sie sehen wollte. Am Ende hat Opa immer den Film ausgesucht, der am kürzesten war.

Nun sitzt Sanja neben mir, unsere Ellbogen berühren sich auf der gemeinsamen Lehne, und wenn ich zu ihr rübersehe, kann ich im Licht der Leinwand erkennen, dass sie lächelt. Zum ersten Mal, seit sie wieder bei uns ist. Da ist es mir auch egal, dass ich mir einen Kinderfilm anschaue.

Kurz vor Schluss, das Popcorn ist längst alle, geht plötzlich eine Nachricht auf meinem Magmag ein. Sie ist von Prianka.

Tony hat versucht, sich umzubringen. Er liegt im Krankenhaus.

Meine Welt bleibt stehen.

Days Hours Mins Secs
016 00:41:26

Ich halte die Luft an.

Und schnappe danach wie eine Ertrinkende.

Ma beugt sich zu mir und flüstert: »Was ist denn?«

Ich kann sie nur ansehen.

Mit zusammengekniffenen Augenbrauen greift sie nach meinem Handgelenk und liest die offene Nachricht. »Ach du Scheiße«, sagt sie ganz untypisch und sieht mich erschrocken an. Dann umarmt sie mich fest und steht auf.

Nun schauen auch Sanja und Pa auf. Sanja beschwert sich, aber ich kann nichts erwidern, die Panik schnürt mir die Kehle zu. Wie betäubt stolpere ich durch die Dunkelheit, um den Kinosaal zu verlassen. Draußen wähle ich Prianka an.

Sie klingt atemlos und sieht total verheult aus, ich verstehe nur jedes zweite Wort, weil sie so nuschelt und mir das Blut in den Ohren rauscht. Sie weiß nichts Genaues, nur dass Mark ihn gefunden hat. In seinem Zimmer auf dem Fußboden neben dem Bett.

»Was hat er sich nur dabei gedacht, der Idiot«, flüstert sie in das Magmag, doch ich glaube, sie fragt mich nicht ernsthaft.

Ich höre mich selbst antworten, dass ich ins Krankenhaus komme, als ich jedoch das Gespräch beende, kann ich nur dastehen und auf meine Schuhe starren.

»Komm«, sagt Pa und legt mir den Arm um die Schultern. »Wir bringen dich hin.«

Prianka sitzt auf dem orangenen Plastikstuhl, das Gesicht vom Weinen verquollen, die Schminke verschmiert. Als sie mich sieht, springt sie auf und fällt mir um den Hals. Dabei laufen ihr schon wieder die Tränen, und meine Schulter wird ganz nass. Wahrscheinlich habe ich nachher ihre Wimperntusche am Hals.

»So ein Idiot«, schnieft sie.

Ich drücke sie fest an mich. Sie riecht nach süßer Limonade.

Über ihre Schulter hinweg sehe ich, wie Pa John die Hand reicht und Ma Tonys Mutter Isabella drückt. Neben ihnen steht ein Mann mit einem schlichten Holzkreuz um den Hals. Vermutlich der Seelsorger, den Tony so furchtbar findet.

»Das wird wieder«, sagt Teri, die neben uns getreten ist und Prianka übers Haar fährt.

Laut schniefend löst sich Prianka von mir.

Am Ende des Gangs steht Mr Bergelson. Sein grünes Hemd ein merkwürdiger Kontrast zu den fahlen Wänden.

»Was will der denn hier?«

Teri folgt meinem Blick. »Na ja, jetzt wird es einigen Wirbel geben, immerhin muss Tony irgendwie an die Tabletten gekommen sein. Dem gehen sie nach.«

»Kriegt er deshalb Ärger?« Ich wende mich ihr wieder zu.

»Er vielleicht nicht, aber die Leute, die sie ihm gegeben haben, sicherlich. Das ist ja auch unverantwortlich.« Das ist die Ärztin, die aus ihr spricht.

Ich denke an Timofej und unser kleines Geheimnis in den Dünen. Teri würde das nicht verstehen, genauso wenig wie Mr Bergelson. Ma nennt so was *Unsinn in kleinen Dosen*. »Wer ab und zu was Dummes macht, der baut wenigstens keinen großen Mist«, ist ihre Devise.

Ich frage mich, ob sich die Astronauten in den drei Jahren, die sie im All verbringen, auch irgendwann diese Dinge erzählen. Kleinigkeiten, von denen sie wissen, dass sie der andere nicht versteht oder nicht gut findet. Einfach damit es mal was Neues zu erzählen gibt.

»Ich verstehe nicht, wie er so etwas tun konnte«, flüstert Prianka und lehnt sich an ihre Mutter, die nachdenklich auf sie heruntersieht.

Es kommt mir so vor, als sähe sie beinahe erleichtert aus. Vielleicht tröstet sie der Gedanke, dass Prianka offenbar nie daran denken würde, Selbstmord zu begehen. Jedenfalls nicht deswegen, weil ihre Mutter zum Mars fliegt.

Mich fröstelt, und eine Gänsehaut überzieht meine Arme. Instinktiv reibe ich über das Pflaster auf meiner Stirn. Die Narbe zieht, und der Schmerz beruhigt mich ein bisschen.

Ich weiß nicht, ob ich überrascht bin, dass Tony es versucht hat. Stattdessen frage ich mich, ob ich es hätte kommen sehen müssen? Hat er schon daran gedacht, als er bei mir im Zimmer saß und ich ihm vorgesungen habe? Oder als wir ums Lagerfeuer getanzt sind? Oder im Wohnhabitat? Schon lange vorher? Wann? Spielt das überhaupt eine Rolle? Was ist mit seinen anderen Freunden?

Ich bin jedenfalls froh, dass es nicht geklappt hat. Ich glaube nicht, dass ich jemals über etwas so froh war.

Eine halbe Stunde müssen wir warten, dann erlaubt der Arzt begrenzten Besuch. Nachdem seine Familie bei ihm war, sagt John, dass Tony nach Prianka und mir gefragt hat. Auffordernd sieht uns John an, als könnten wir ihm irgendwie helfen. Nach einigem Hin und Her schickt Prianka mich vor, weil sie nicht weiß, was sie zu Tony sagen soll.

Aber ich weiß auch nicht, was ich sagen soll. Doch ich komme nicht dazu, mir etwas zu überlegen, denn Pa klopft mir aufmunternd auf die Schulter, Ma gibt mir einen Kuss auf die Stirn, und dann schieben sie mich Richtung Tür, als würde sich das alles schon irgendwie ergeben. Dabei vergessen sie anscheinend, dass Tony und ich nie richtige Freunde waren. Wir Astrokids gehen nicht am Samstagnachmittag gemeinsam in eine Mall. Was wissen wir schon voneinander? Zu wenig, scheint es.

Als ich eintrete, sieht Tony auf. Er ist so blass wie das Laken, auf dem seine Hände liegen. Einen Moment starren wir uns nur an, ohne ein Wort zu sagen. Dann schiebe ich mir einen Stuhl vom Tisch ans Bett und setze mich. Auf dem Nachtschrank steht ein Glas Wasser, und die Sonne fällt matt durch die dünnen, zugezogenen Vorhänge.

»Du Idiot«, sage ich schließlich als Erstes und gebe ihm einen Klaps an die Schulter.

»Lass das«, wehrt er ab, aber es klingt matter als sonst.

In der Pause, die folgt, suche ich nach Wörtern, doch Tony kommt mir zuvor.

»Weißt du, was er als Erstes zu mir gesagt hat?«, sagt er nach einer Weile, und mir ist sofort klar, von wem er spricht. Weil sich bei Tony meistens alles um seinen Vater dreht.

Ich schüttle den Kopf.

»*Du weißt doch, dass ich nicht hierbleiben kann.*« Er schüttelt den Kopf. »Als hätte ich das irgendwie gemacht, damit er hierbleibt.«

»Hast du?«

Ein finsterer Blick trifft mich, doch dann wird sein Gesicht merkwürdig ausdruckslos. Sekundenlang sagt er gar nichts, bevor er murmelt: »Ich wollte mich nicht umbringen.«

»Dann hast du dich aber verdammt dumm angestellt.«

Bei meinem barschen Ton sieht er überrascht auf. Sein Blick tastet über mein Gesicht, bevor er schief grinst. »Das kannst du laut sagen.«

Wieder schweigen wir eine Weile. Was sagt man auch in einer solchen Situation? *Gute Besserung*? Wahrscheinlich werden sie ihn auf Antidepressiva setzen. Auch das wird er hassen. Aber vielleicht hilft's ja, das Zornbeben unter seiner Haut zu vertreiben. Ich wünsche mir so sehr, dass diese

Wolke über seinem Kopf wieder verschwindet. Zumindest mal für eine Weile. Am liebsten möchte ich ihn schütteln, aber ich glaube nicht, dass das was bringen würde.

»Glaubst du mir?«, fragt er mich schließlich mit eindringlichem Blick.

Keine Ahnung. Ich weiß, dass er ziemlich stolz ist, und ahne, dass er es auch nicht zugeben würde, wenn es so gewesen wäre. Hat er sich bei den Pillen wirklich nur vertan? Würde es ihm helfen, wenn ich ihn dazu zwinge, die Wahrheit zu sagen? Ich bin keine Psychologin, ich weiß nicht, wie man sich in einem solchen Fall am besten verhält.

Nach ein paar Herzschlägen sage ich zögernd: »Ja«, und beruhigt und irgendwie dankbar lächelt er und schließt die Augen. »Könntest du trotzdem das nächste Mal ein bisschen besser aufpassen?«, schiebe ich hinterher und greife nach seiner Hand.

Er drückt sie und nickt. »Ich kann's versuchen.«

Mehr ist nicht drin, das ist mir klar, auch wenn ich mir wünschte, er könnte mir mehr versprechen.

Es bereitet mir sofort Bauchschmerzen, als ich Honey vor Tonys Zimmer sehe. Er steht neben John, flüstert mit ihm, und dieser nickt. Als er mich sieht, löst er sich von John und kommt auf mich zu.

Ma, die neben mich getreten ist, macht missmutig »Mhm«, und Pa sagt ganz untypisch aufgebracht: »Das will er hoffentlich nicht auch in die Nachrichten bringen.«

Aber Honey lächelt nicht, er schüttelt nur traurig den Kopf, als er bei uns ankommt. »Furchtbar«, murmelt er, und ich glaube ihm sogar. »Ich hoffe, der Junge fängt sich bald wieder.« Bei diesen Worten schaut er so betrübt, dass er mir auf einmal sympathisch wird.

Manchmal vergesse ich, dass Honey auch bloß ein Mensch und nicht nur Sensationsjäger ist.

»Hör mal, Ianthe«, er legt mir eine Hand auf den Arm, »kann ich mal kurz mit dir sprechen?«

Neben mir versteift sich Ma, aber ich erwidere: »Schon gut«, und deute den Gang runter. Ich will das Gespräch nicht vor Tonys Tür führen, mit seinen Eltern nur wenige Schritte neben mir.

Ich bedeute Honey, kurz zu warten, dann gehe ich langsam zu John und Isabella. Zwischen ihnen steht Mark, das Gesicht rot und fleckig von Tränen und Rotz.

»Ianthe«, sagt John, als er mich bemerkt. Im grellen Licht des Flurs sieht er abgekämpft und alt aus. Nicht wie ein Mann, der bald Geschichte schreiben wird.

»Es tut mir leid«, sage ich, als müsste ich mich entschuldigen.

Er nickt.

Isabella umschließt meinen Oberarm fest mit den Fingern. »Hat er irgendetwas zu dir gesagt?«

Ich schüttle den Kopf.

»Er muss doch etwas gesagt haben«, wiederholt sie fast fiebrig.

»Er war schon immer sehr sensibel«, fügt John hinzu. Es klingt nicht böse, nur verwirrt. Als wäre ihm das gerade jetzt erst bewusst geworden.

So vieles müsste gesagt werden, so vieles steht im Raum. Wie wird es weitergehen? Was hält Isabella davon, dass John fliegen wird? Ausgerechnet jetzt. Doch ich traue mich nicht, diese Fragen zu stellen. Es sind nicht meine, und Tonys Familie im Grunde Fremde. Also drücke ich Isabella nur, lange und fest, und verspreche, am nächsten Tag wiederzukommen, um nach Tony zu sehen. Ich nehme mir vor, Prianka dann herzuschleifen, ob sie will oder nicht. Weil Tony einer von uns ist. Ein Astrokid. Auch wenn das bisher vielleicht nicht gereicht hat. Aber er ist Teil unserer Crew. Und niemand wird zurückgelassen. So ist das eben. Bei Pa an Bord des Raumschiffs und bei uns hier auf der Erde.

Nachdem ich mich gelöst habe, gehe ich zu Honey zurück, und langsam laufen wir den Gang hinunter, bis wir hinter der nächsten Ecke verschwinden. Dort setzen wir uns auf zwei Plastikstühle und starren einen Moment lang auf die gegenüberliegende Wand. Ein paarmal höre ich, wie er tief ein- und ausatmet. Dabei raschelt sein weißes Hemd ganz leise.

»Wir haben da ein Anliegen«, beginnt er schließlich das Gespräch. »Wie wäre es, wenn du am Tag des Starts einen Song präsentierst? Live auf UTV im Frühstücksfernsehen.«

Ich bin so überrascht, dass ich gar nichts erwidern kann, sondern ihn nur anstarre. Er starrt zurück. Seine Augen sind blutunterlaufen, als hätte er schlecht oder zu wenig geschlafen. Wahrscheinlich beides.

Das ist eine Riesenchance. Davon träumt doch jeder. Im Fernsehen aufzutreten und von der halben Welt gesehen zu werden. Und dann noch an diesem speziellen Tag! Danach kennt jeder deinen Namen. Und das ist es doch, was ich will. Dass die Leute mich hören. Ich könnte in den besten Hallen auftreten, mit der besten Akustik. Ich könnte endlich die Leute für Kooperationen an Songs fragen, die mich jetzt nie beachten würden, weil ich zu unbedeutend bin. Himmel, ich könnte sogar Sanja und den Themen, die sie so beschäftigen, eine Plattform bieten. Danach wäre einfach alles möglich. Alles!

Ich weiß, was Erle dazu sagen würde.

Aber in meinem Kopf wirbeln die Bilder durcheinander, ich denke an Tony in seinem Bett, blass und müde. An Ma, wie sie versucht, sich zusammenzureißen. An Sanja, die sich jedes Lächeln abringen muss. Und Starlet scheint mir nichts mit diesen Leuten gemein zu haben. Sollte Ianthe an diesem Morgen, wenn die Rakete startet, nicht bei ihnen sein? Wenn ich jedoch im Fernsehen auftrete, kann ich Pa nicht an der Rakete verabschieden.

Doch im Grunde ist diese Woche hier am Strand nichts anderes als ein langes Goodbye.

»Ich überleg's mir.«

Er nickt heftig. »Okay, aber denk nicht zu lange darüber nach. Die Sender müssen das rechtzeitig einplanen.«

»Werden sie was über Tony sagen?«

Honey schüttelt den Kopf. »Das bleibt unter uns. Mr Bergelson wird dafür sorgen. Alle, die hier arbeiten, haben Verschwiegenheitsklauseln unterschrieben.«

Das ist gut.

Er steht wieder auf, doch es wirkt schwerfällig wie bei einem alten Mann. Unergründlich sieht er auf mich runter. »Gib mir Bescheid, okay?«

»Okay.«

Noch einmal nickt er mir zu, dann verschwindet er um die Ecke und ich sitze allein im Gang. Das Geräusch seiner sich entfernenden Schritte wird immer leiser, und auf einmal ist da dieser furchtbare Akkord in mir, der einfach raus muss. So ein Missklang, der mich ganz verrückt macht.

Ich muss zurück zu meinem Silver Orb.

Ohne jemandem Bescheid zu geben, stürze ich hinaus ins Freie, so schnell ich kann. Lasse das Krankenhaus hinter mir und renne den weiten Weg zu unserem Bungalow zurück. Die Sonne blendet mich, und ich sehe kaum etwas, aber das ist alles egal. Ich renne und renne, bis mir die Seiten stechen. Hauptsache, weg vom Krankenhaus. Weg von allem.

Vielleicht hat sich Tony ja auch so gefühlt, bevor er die Pillen geschluckt hat.

Days Hours Mins Secs
015 20:39:43

In den Stunden nach Tonys *Unfall* wissen wir nichts Rechtes mit uns anzufangen. Wir versuchen, irgendwie wieder in die Spur zu kommen. Vor dem Abendbrot bittet Pa uns ins Wohnzimmer. Er wirkt nervös, während wir wie die Hühner auf der Stange vor ihm auf dem Sofa sitzen und zu ihm aufsehen. Aufgeregt wippt er auf den Fersen, wie wenn er das Championsleaguefinale schaut.

»Was ist denn so wichtig?«, fragt Ma und stützt die Arme auf die Knie.

»Ich habe eine Überraschung für euch.«

Eine Sekunde lang halten wir alle die Luft an, weil uns der Gedanke kommt: *Er wird nicht fliegen*. Aber dann höre ich Ma und Sanja ausatmen. Ein unsinniger Gedanke.

»Ich habe etwas für euch.« Er geht zu einem großen Karton, der an der Wand steht, und schiebt ihn zu uns. Langsam öffnet er die Klappen. Dann holt er einen Roboter heraus. »Ein Robonaut«, sagt er.

Wir starren den Roboter an. Er ist ungefähr einen Meter hoch, steht auf sechs Beinen, damit er nicht umkippen kann, besitzt zwei mehrgliedrige Arme und einen stilisierten Kopf.

»Ich habe ihn gebaut«, sagt Pa.

Das ist genau das, was er tut. Er baut Dinge.

»Warum?«, fragt Sanja.

Wenn wir eines nicht brauchen, dann ist es ein neuer Roboter, der unsere Böden schrubbt.

»Ich …« Pa setzt sich uns gegenüber auf den Sessel. »Ich dachte, er könnte euch Gesellschaft leisten, wenn ich nicht da bin.« Hastig beugt er sich hinunter und schaltet den Robonauten ein. »Ich habe ein paar Lieder eingesungen.« Er sieht mich an. »Und ein paar Bücher eingesprochen und … Na ja, so einiges mehr. Zu euren Geburtstagen, Weihnachten und so.« Er verstummt.

Wir sind sowieso stumm.

Ich weiß nicht, ob ich es furchtbar finde, dass er glaubt, ein Roboter könnte ihn ersetzen, oder gerührt bin. Ich stelle mir vor, wie ich mit diesem Ding rede. Es wird mir antworten, mit seiner Stimme. Aber es ist nicht dasselbe.

Trotzdem ist es besser als gar nichts.

Sanja springt plötzlich auf und rennt in ihr Zimmer. Aber die Tür schließt sie leise. Es gibt keinen Knall, kein Geschrei, nur ihre plötzliche Abwesenheit.

Ma räuspert sich. »Wann hast du das alles gemacht?«

»Jedes Mal, wenn ich eine freie Minute hatte. Der Roboter ist ja nicht neu, von denen haben wir hier viele. Aber die Modifikationen haben mich Zeit gekostet.«

Der Blick, den er ihr zuwirft, ist mir unangenehm. Das ist zwischen ihnen, davon will ich nichts wissen. Ich glaube nicht, dass Ma den Robonauten neben sich ins Bett legen wird. Aber vielleicht tröstet es sie, ab und zu Pas Stimme zu hören.

Ich muss daran denken, dass ich vielleicht nach Seattle gehe und der Robonaut bei Ma und Sanja bleiben wird. Beinahe muss ich lachen, aber es ist ein ätzendes Lachen. Pa hat mir etwas geschenkt, das nicht bei mir sein kann, genau wie er.

»Er ist toll, Pa«, sage ich und stehe auf. Ich lege die Hand auf seine Schulter, und er lächelt mich dankbar an.

Er tut alles in seiner Macht Stehende, um unseren Schmerz zu lindern, und merkt dabei nicht, dass er ihn noch vergrößert.

An diesem Abend ist es beinahe so wie früher zu Hause. Pa ist nicht da. Die Astronauten müssen alle für eine kurze Session zum Missionspsychologen. Wegen Tony. Die NASA hat Angst, dass es sich jemand aus der Crew anders überlegt. Oder versucht, John unter Druck zu setzen, damit er bei seiner Familie bleibt. Das behauptet Ma zumindest.

Jetzt sitzt sie in der Badewanne, ein Glas Wein auf dem Wannenrand, und ich sitze mit angezogenen Knien auf dem geschlossenen Toilettendeckel. Sanja ist in ihrem Zimmer und chattet mit Hanad. Schon über eine Stunde hat sie keiner mehr von uns gesehen.

Ma und ich sitzen in dieser blauen Blase, nur hin und wieder plätschert das Wasser, wenn Ma den Arm hebt, um zu trinken.

Während ich die Fliesen betrachte, kommt mir auf einmal eine Idee. Ein wunderbarer, verrückter Einfall.

»Komm mit mir«, sage ich.

»Was?« Sie wendet mir das Gesicht zu. An ihrer Stirn kleben feuchte Locken, und mit dem sich auflösenden Make-up sieht sie jung aus.

»Komm mit nach Seattle.«

Einen Moment sieht sie überrascht aus, dann antwortet sie: »Das geht nicht. Wie stellst du dir das vor?«

»Wir kriegen doch das Bonusgeld für Pa. Du kannst von überall aus arbeiten. Was hält uns denn hier?«

»Wir sind hier zu Hause.«

Mein Zuhause ist sie. Und Sanja. Nicht Palm Bay. Nicht dieser Ort, den ich zwar mag, der aber nicht Teil meiner Familie ist.

»Wir könnten unser eigenes Abenteuer haben«, sage ich drängend. »Wir fangen noch mal von vorn an. Hier erinnert uns doch sowieso nur alles an Pa.«

Sie wirft mir einen Blick zu, als hätte ich gesagt, dass ich ihn vergessen will. Dabei will ich nur nicht warten. Auf das Unvermeidliche oder auch das Wunder. Das Warten macht einen bloß verrückt.

»Komm mit«, sage ich noch einmal, beinahe flehend. Eindringlich. Und auf einmal komme ich mir wirklich wie das Kind vor, für das sie mich hält. Sie ist meine Mutter, und ich brauche sie. Ich will meine Zukunft mit ihr teilen. Und mit Sanja, der kleinen Mistkröte.

Ein Ausdruck huscht über ihr Gesicht, nur kurz, aber ich habe ihn gesehen. Zweifel.

»Du musst es ja nicht jetzt entscheiden. Denk einfach darüber nach, okay?«

Nach einem Herzschlag nickt sie und sagt: »Okay.«

Als ich eine halbe Stunde später die Tür zu Sanjas Zimmer öffne, sitzt sie im Schneidersitz auf dem Bett und liest irgendwas auf ihrem Magmag. Ich trete ein, ohne zu fragen, und schließe die Tür hinter mir.

»Bist du beschäftigt?«

Sanja brummt, legt aber das Magmag zur Seite und schaut mich auffordernd an.

»Ich wollte nur Gute Nacht sagen.«

Sie nickt.

»Alles okay?«

»Klar.«

Ich komme mir blöd vor, wie ich so dastehe, den Geschmack von Zahnpasta noch auf der Zunge. Ich bin müde, und das nicht nur, weil es schon so spät ist. »Ich wollte nur …«

»Ich verstehe einfach nicht, wie du das Pa verzeihen kannst«, unterbricht sie mich. Dabei verschränkt sie die Arme und sieht zornig zur Seite. »Nicht nach Tony. Die Mission macht einfach alles kaputt, aber du sagst kein Wort dazu.«

Dasselbe, was mir Tony vorgeworfen hat. Dabei ist es nicht wahr. Ich sage etwas. Ich fühle etwas. Meine Songs sind voll davon. Sanja kann es nur noch nicht hören. Weil die Worte und die Musik erst noch zusammenkommen müssen. Es schwebt alles noch zwischen Herz und Zunge.

Sanja hingegen redet schnell. Sie redet laut. Genau wie Ma. Ich bin wie Pa. Unsere Worte sind leiser. Manchmal brauchen wir länger, um uns auszudrücken. Deshalb hat er einen Robonauten gebaut und ich einen Song geschrieben. So ist das nun mal, jeder hat sein eigenes Tempo, und ich habe es satt, dass mich alle Welt immer drängt, mich zu äußern, wenn ich noch nicht fertig bin, über die Dinge nachzudenken und mir eine Meinung zu bilden. Hat denn hier keiner mehr Zeit, mal verdammte fünf Minuten zu warten? Oder auch ein paar Wochen, damit man seine Gedanken zu Ende denken kann?

Es gibt so vieles, über das ich nachdenken muss. Zum Beispiel frage ich mich, ob Tony sich wirklich besser mit seinem Vater verstehen würde, wenn der nicht zum Mars fliegen würde. Wäre das Zornbeben unter seiner Haut dann weniger? Und ich muss auch darüber nachdenken, ob ich Honeys Angebot annehme, im Fernsehen zu singen. Davon habe ich schließlich geträumt.

Ich setze mich aufs Bett neben Sanja. Ich glaube, so viel wie in den vergangenen Tagen habe ich in den ganzen letzten Monaten nicht neben Leuten gesessen. Das ist der reinste Sitzurlaub.

»Bereust du es, dass du hergekommen bist?«, frage ich.

Sie seufzt. »Manchmal beneide ich Hanad und seine Familie.«

»Weil sie kein Geld haben?«

»Weil sie zusammenhalten.«

»Das tun wir auch. Ist doch albern, das zu vergleichen. Ständig beschwerst du dich. Dabei geht's dir doch eigentlich ganz gut.«

»Ich beschwere mich nicht ständig!«

»Kommt mir aber so vor.«

»Na, das wird sich ändern.« Wütend streckt sie die Beine aus.

»Was meinst du damit?«

Sie sieht mir in die Augen, dann seufzt sie ein zweites Mal und klettert aus dem Bett. »Ich geh jetzt Zähne putzen.«

»Sanja?« Ich greife nach ihrem Arm.

»Was denn?«

Irgendetwas an ihr ist total *off*. Vielleicht ist es das, was Timofej bemerkt hat.

Was verheimlichst du mir?

Ich bin so müde, dass ich mir wünsche, ich könnte den Raketenstart einfach verschlafen. Das scheint mir eine gute Idee zu sein. Ich schlafe einfach die nächsten drei Jahre durch und wache zur Rückkehr der Crew wieder auf.

»Nichts. Schlaf gut. Wir reden morgen.«

Wie schade, dass ich kein Dornröschen bin.

Days Hours Mins Secs
015 13:23:07

Dornröschen schläft aber nicht. Stattdessen wacht es auf und geistert durchs Haus. Schon wieder. Es ist immer noch Nacht, und der Bungalow liegt still. Schwaches Mondlicht erhellt das Zimmer, und ich versuche abzuschätzen, wie sinnvoll es ist, mich einfach wieder hinzulegen und die Augen zu schließen. Aber mein Herz rast, und ich verspüre ein unangenehmes Kribbeln in den Händen. Vielleicht habe ich etwas Schlimmes geträumt. Ich kann mich nicht erinnern.

Unruhig werfe ich einen Blick auf mein Magmag, aber es ist keine wichtige Nachricht eingegangen. Nichts über Tony. Mein Herz beruhigt sich etwas.

Es hat keinen Sinn, so wieder einschlafen zu wollen, deshalb stehe ich auf und sehe aus dem Fenster. Das Meer sieht aus wie schwarze Tinte, und der Horizont ist kaum zu erkennen. Melodien schieben sich in meinen Kopf und verursachen ein heilloses Durcheinander aus Tönen und Klängen. Mein Kopf ist ein verstimmtes Instrument.

Da höre ich plötzlich eine Tür klappen, jemand läuft den Flur entlang. Wahrscheinlich Sanja, ihr Zimmer liegt gleich neben meinem. Vielleicht muss sie mal auf die Toilette. Doch kurz darauf höre ich das elektronische Piepen der Haustür. Ich drehe mich vom Fenster weg hin zur Zimmertür, als könnte ich durch die Wand sehen.

Was will sie denn da draußen? Um diese Uhrzeit.

Beklemmung erfasst mich. Eine Art Vorahnung. Dabei bin ich gar nicht abergläubisch. Doch der Schlafmangel und die Nacht benebeln mir irgendwie den Verstand und schaffen Raum für die Kakofonie in meinem Kopf.

Ich ziehe mir ein Sweatshirt über und gehe aus dem Zimmer. Sanjas Zimmertür steht offen, aber sie ist nirgendwo zu sehen. Offenbar habe ich mir das nicht eingebildet, sie scheint wirklich nach draußen gegangen zu sein. Ich ziehe mir auch noch Sandalen an, die neben der Tür stehen, und öffne die Haustür einen Spalt, um hinauszuspähen. Es dauert einen Moment, bis ich Sanja erkenne. Sie ist richtig angezogen und läuft wie ein Schatten über den Weg, der zwischen den Bungalows entlangführt. Immer wieder sieht sie sich um, auch nach oben, die Hände in der Tasche ihres Hoodies.

Zögernd trete ich vor den Bungalow und ziehe die Tür leise hinter mir zu. Wo will sie denn hin? Will sie wieder abhauen? Das Gelände verlassen, um zu den Jamas zurückzugehen? Das kann sie Pa nicht antun.

Fieberhaft überlege ich, was ich machen soll. Ich will mich nicht aufführen wie eine Babysitterin, auch wenn ich mir Sorgen mache. Nach Bergelsons Warnungen vor der FM und Tonys Pillenüberdosis ist das doch auch kein Wunder.

Aber vielleicht will sie sich nur mit irgendwem treffen, und was kann sie hier schon groß anstellen?

Deshalb rufe ich nicht nach ihr, und deshalb wecke ich auch niemanden. Sondern folge ihr nur langsam und in großem Abstand. Wenn sie merkt, dass ich ihr hinterherlaufe, wird sie sauer sein. Noch mehr als ohnehin schon. Ich will ja gar nicht lange mitlaufen, nur einen Moment, bis ich sicher bin, dass sie das Gelände nicht verlässt, dann drehe ich wieder um und gehe zurück.

Sie läuft an den Bungalows vorbei, auch an Timofejs, in dem kein Licht brennt. Er scheint mit dem Schlafen keine Probleme zu haben. Ich habe keine Ahnung, wohin sie läuft. Der Nachtwind ist angenehm kühl auf meiner Haut, trotzdem komme ich mir ein bisschen albern vor, weil ich hier draußen im Schlafanzug rumrenne. Zum Glück könnte meine Pyjamashorts auch als Turnhose durchgehen. Die Hände habe ich in der Tasche meines Sweatshirts vergraben, und die Sandalen machen kaum Geräusche, während ich Sanja folge wie das Spiegelbild ihres Schattens.

Nach ein paar Minuten hält sie auf das kleine Krankenhaus zu, und mir kommt der Gedanke, dass sie Tony besuchen will. Aber mitten in der Nacht? Läuft da was zwischen den beiden? Bei dem Gedanken verziehe ich das Gesicht, obwohl es niemand sieht. Sanja ist doch viel zu jung für ihn. Außerdem haben die beiden bisher kaum miteinander geredet. Die ganze Sache wird immer merkwürdiger.

Oder ist etwas mit ihr? Braucht sie einen Arzt? Aber dann würde sie doch nicht hierher laufen. Und warum hat sie dann niemanden geweckt?

Doch sie läuft nicht auf den noch immer schwach beleuchteten Haupteingang zu, sondern umrundet das Gebäude, an dessen Seiten kaum Lampen angebracht sind. Vereinzelt brennt Licht in den Zimmern, vermutlich in den Personalräumen. Es gibt nur ganz wenige Patienten, schließlich ist es kein richtiges Krankenhaus, nur eine improvisierte Station, die aufgelöst wird, wenn sich niemand auf dem Gelände befindet.

Vor einer Seitentür aus Glas bleibt Sanja schließlich stehen. Sie wirft erneut einen Blick über die Schulter, jedoch nicht in meine Richtung. Ein Spion wird mal nicht aus ihr, so viel steht fest. Mir kommt der Gedanke, dass sie mehr nach Drohnen Ausschau hält als nach Leuten, die ihr folgen könnten.

Sie zieht etwas aus der Jackentasche und geht in die Knie. Als sie die Hand hebt und an das Glas setzt, begreife ich endlich, was sie vorhat.

Sie will unbemerkt ins Krankenhaus.

Der handgroße Glasschneider macht ein leises, kratzendes Geräusch, während sie ein Viereck in die untere rechte Ecke ritzt. Groß genug, damit sie hindurchkriechen kann. Sie stellt sich ziemlich geschickt an, und ich erinnere mich daran, dass sie Ma letztes Weihnachten eine selbst gebaute Laterne geschenkt hat. Die Glasplatten dafür hat sie mit einem Cutter zugeschnitten, den es in jedem Baumarkt gibt. Fünf Dollar für ein Einbruchswerkzeug.

Aber was soll das werden, ist sie verrückt geworden?

Jetzt rufe ich doch ihren Namen, und erschrocken fährt sie herum und springt auf die Füße. Für einen langen Moment stehen wir uns einfach stumm und starr wie Schaufensterpuppen gegenüber. Dann stößt sie ein wütendes Schnaufen aus und dreht sich wieder um, als wäre ich gar nicht da. Erneut hebt sie die Hand. Diesmal um das Glas einzudrücken.

Ich rufe ein zweites Mal, drängender, und renne auf sie zu. Ich packe sie am Oberarm und zerre sie mit aller Kraft von der Tür fort, sodass sie auf den Hintern fällt und mit den Händen schmerzhaft über den Asphalt schrammt. Sie wehrt sich, aber ich lasse nicht los.

»Was soll denn das?«, sage ich laut und schüttle sie.

Mit einem Ruck macht sie sich los und kommt auf die Füße. »Verdammt«, sagt sie und reibt sich die Hände. »Schrei doch nicht so!«

Ich habe sie noch nie so wütend gesehen. Sie sieht mich an, als würde sie mich jeden Augenblick ohrfeigen wollen. Ich erkenne sie nicht wieder. »Bist du verrückt geworden?«, flüstere ich.

»Hau ab, Ianthe!«

»Könnte dir so passen. Was machst du denn hier?«

»Das geht dich gar nichts an.«

Fassungslos schüttle ich den Kopf und sehe auf die beschädigte Scheibe. Dann werfe ich hektische Blicke nach rechts und links, aber immer noch ist niemand zu sehen. »Was willst du denn im Krankenhaus?«

»Was interessiert's dich?« Sie sieht mich an und kommt mir dabei ein bisschen wie ein Hund vor, der an der Leine zerrt, kurz bevor er sich losreißt.

»Bist du durchgeknallt? Was willst du hier?«

Trotzig schweigt sie und verschränkt die Arme. In einer Hand hält sie immer noch den Glasschneider.

»Du hast sie doch nicht mehr alle.« Kopfschüttelnd stelle ich mich zwischen sie und die Tür. »Willst du irgendwelche Medikamente klauen?«

»Quatsch.« Über diesen Verdacht scheint sie tatsächlich verärgert zu sein.

»Was dann?« Ich hebe die Arme. »Himmel, Sanja. Du hast noch nicht mal einen Kaugummi im Supermarkt geklaut, und jetzt stehst du hier und hast einen Glasschneider in der Hand!«

Sie seufzt. »Geh zurück, Ianthe.«

»Keine Chance. Ich schau doch nicht zu, während du dabei bist, eine Riesendummheit zu begehen.«

»Was interessiert dich das auf einmal? Ich war dir doch sowieso nur lästig.«

Ihr Vorwurf trifft mich wie ein Schlag. Glaubt sie das wirklich?

Über uns wird ein Licht ein- und wieder ausgeschaltet. Verschreckt schauen wir nach oben, aber als nichts weiter passiert, beruhigen wir uns wieder. Mir läuft der Schweiß an den Seiten runter, so angespannt bin ich.

»Du warst mir nicht lästig«, flüstere ich, aber Sanja hebt nur die Augenbrauen. »Na ja, vielleicht manchmal. Aber das ist doch normal, man geht sich eben hin und wieder auf die Nerven. Du bist doch trotzdem meine Schwester.«

Wieder schnaubt sie ungehalten. »Ach, auf einmal. Du hast doch die ganze Zeit mit deiner Musik verbracht. Da war eh kein Platz für mich.«

War das wirklich so? Habe ich sie vergessen, noch bevor sie gegangen ist?

Sie winkt ab. »Spielt auch alles keine Rolle mehr. Es interessiert euch doch einen Scheiß, was ich mache. Ihr seid mir ja nicht mal nachgekommen, als ich abgehauen bin. Nee, ihr seid trotzdem hierhergefahren.«

»Du weißt ganz genau, warum.«

»Ja, weil ich euch nicht interessiere.«

»Das stimmt einfach nicht. Du bist kindisch.« Jetzt bin ich es, die wütend ist. Wütend auf sie. Gleichzeitig habe ich eine Heidenangst um Sanja. »Was zum Henker willst du hier?«

Sie sieht mich so eindringlich an, dass mir unheimlich wird, denn dieser Blick versucht, irgendetwas in meinem Gesicht zu erkennen, von dem ich nicht weiß, ob Sanja es finden wird. Die Sekunden ziehen sich in die Länge, als hätte ich wieder eine von Timofejs Pillen geschluckt.

Nach einer Ewigkeit steckt Sanja schließlich die freie Hand in die Jackentasche und zieht eine Tablettendose hervor. Sie schüttelt sie kurz, aber ich verstehe nicht.

»Ich kann die Mission aufhalten«, sagt sie leise und ernsthaft, und es klingt gleichzeitig wie eine Bitte und eine Einladung zu etwas Verbotenem.

Aber worum bittet sie mich?

»Ich mische das einfach unter die Vitaminpräparate der Astronauten. Alle kriegen das, auch die Nachrücketeams.«

Mir wird schlecht. »Du willst die Astronauten vergiften?«

»Nein, natürlich nicht! Das sind Hepatitis-H-Viren, die setzen die Leute acht Wochen außer Gefecht, aber niemand stirbt daran.« Sie tritt näher an mich heran. »Stell dir das vor. Wenn die Astronauten nicht fliegen können, müssen sie neue suchen.«

»Das schiebt die Mission nur auf.«

»In acht Wochen kann viel passieren.«

Das klingt beinahe wie eine Drohung.

»Du bist wirklich verrückt geworden! Wie bist du überhaupt an das Zeug gekommen?«

Sie zuckt mit den Schultern und schaut zur Seite.

»Das kannst du nicht machen, Sanja. Wenn das rauskommt …«

»Kümmert mich einen Scheiß, ob das rauskommt!«

Ich bin fassungslos.

Ich denke an den Moment zurück, als mich Mr Bergelson auf der Straße abgefangen hat und ich so überzeugt davon war, meine Schwester besser zu kennen als er.

Wie kann man sich nur so täuschen?

Es kommt mir so vor, als hätte irgendwer meine Schwester ausgetauscht. Das Mädchen vor mir sieht aus wie Sanja, redet wie Sanja, aber es ist nicht Sanja. Kann es gar nicht sein.

Oder liegt es vielleicht an mir? Bin ich so mit mir selbst beschäftigt, dass ich nicht mehr sehe, wie sich die Menschen um mich herum verändern? Bei Tony habe ich auch nichts gemerkt. Pa hat gesagt, Träume kosten. Aber er hat nicht gesagt, dass andere den Preis dafür bezahlen.

»Das wird er dir nie verzeihen«, sage ich.

»Drauf geschissen.«

»Das meinst du nicht ernst.«

»Und wie! Warum soll ich auf irgendwen Rücksicht nehmen? Ihr könnt es doch sowieso alle nicht erwarten, schnell genug von mir wegzukommen. Bitte sehr, nur zu. Versucht es ruhig.«

»Niemand will von dir fort.«

»Dann gehst du nicht nach Seattle?«

Überrascht zucke ich zusammen. »Woher weißt du das?«

»Ma hat gequatscht.«

Kein Wunder bei dem ganzen Wein, den sie trinkt. »Ich bin doch nicht aus der Welt. Außerdem will ich, dass ihr mitkommt.«

»Ja klar«, erwidert sie bitter und klingt dabei wie unsere Mutter.

»Wenn rauskommt, dass du das warst, kriegst du so einen Riesenärger, das kann dir dein ganzes Leben versauen!«

Sie antwortet mir nicht, während ich immer wieder über die Schulter sehe und jeden Moment eine Wache oder Krankenhauspersonal erwarte. Überall auf dem Gelände hängen Kameras, sicher hat uns irgendwer schon entdeckt. Ich weiß nicht, was ich tun soll. Pa anrufen?

Als könnte sie meine Gedanken erraten, sagt sie: »Du wirst nicht petzen.«

»Sei dir da mal nicht so sicher.«

»Hast du doch gerade gesagt. Ich könnte mir mein ganzes Leben versauen, wenn das auffliegt. Das willst du doch sicher nicht.«

»Wenn du denkst, ich lass dich das durchziehen, hast du dich geschnitten!«

»Du kannst mich nicht aufhalten.«

»Und wenn ich mich auf dich draufsetzen muss!« Ich kann nicht fassen, dass ich drauf und dran bin, mich mit meiner Schwester zu prügeln. Die ganze Szene kriegt etwas Surreales. Erwartet doch niemand, dass das eigene Leben plötzlich zum Thriller wird.

An ihrem Gesichtsausdruck kann ich erkennen, dass Sanja dasselbe denkt wie ich. Sie wägt ihre Chancen ab. Ich bin immer noch ein Stück größer als sie, aber Sanja hat den Glasschneider in der Hand.

Würde sie den wirklich gegen mich einsetzen?

Es läuft mir kalt den Rücken hinunter. Alles entgleitet mir. Ich komme mir vor wie in einer Twilightzone. Das kann nur ein Albtraum sein. Wahrscheinlich wache ich jeden Moment auf und Sanja liegt friedlich in ihrem Bett.

Plötzlich hören wir jemanden unsere Namen rufen. Wir fahren herum und sehen Timofej auf uns zukommen. Vor Erleichterung könnte ich heulen. Er war schon immer der Schutzengel dieser Familie. Er wird wissen, was zu tun ist.

»Was macht ihr denn hier draußen?«

Sanja stößt einen frustrierten Laut aus und steckt die Hände samt Glasschneider in die Jackentaschen. »Wieso schläft denn hier niemand?«, sagt sie ungehalten, und ich muss lachen, aber es klingt irgendwie hysterisch.

»Ich hab zum Abendbrot zu viel gegessen und konnte nicht einschlafen«, antwortet Timofej irritiert. »Als ich mir einen Tee machen wollte, hab ich euch draußen rumschleichen sehen.«

»Das gibt's doch nicht!«, entfährt es Sanja.

Als Timofej bei uns ankommt, dauert es nur Sekunden, bis er das eingeritzte Viereck in der Tür hinter uns entdeckt. Und nur Herzschläge, bis er sich seinen Teil zusammenreimt.

»Sanja«, sagt er leise, und dieses eine Wort und sein trauriger Blick reichen aus, damit sie in Tränen ausbricht.

Sie wirft sich in seine Arme und klammert sich an ihm fest, als würde sie ertrinken. Sie schluchzt so sehr, dass sie Schluckauf kriegt. Mit hängenden Armen stehe ich daneben, bis Timofej mich in seine Umarmung zieht und ich ebenfalls weinen muss. Endlich begreife ich, dass sie gar nicht tun will, worauf sie hier zusteuert. Sie ist einfach verzweifelt.

»Was macht ihr denn für Sachen?«, flüstert Timofej in unser Haar, aber Sanja schüttelt nur den Kopf und reibt die Nase an seinem Shirt.

»Ach, meine Kleine«, sagt er und drückt uns noch fester an sich.

Keine Ahnung, wie lange wir so dastehen. Irgendwann kommt eine Wache vorbei und fragt, ob alles in Ordnung ist. Timofej erzählt dem Mann, dass wir nur einen Abendspaziergang unternommen haben. Zweifelnd schaut uns der Mann an, weil unser Spaziergang im Dunkeln am Krankenhaus vorbeiführt, und normalerweise auch niemand beim Spazieren zu heulen anfängt. Aber er sagt nichts dazu. Immerhin ist Timofej einer der Astronauten und damit irgendwie ein Held. Am Ende weist er uns lediglich darauf hin, dass es schon ganz schön spät ist. Timofej nickt und zieht uns weiter, Sanja hängt noch immer wie ein Bündel Elend an ihm.

Wir gehen nicht direkt zu unserem Bungalow zurück. Timofej bringt uns erst mal zu sich. In der Küche steht noch die Tasse mit dem Tee, der Teebeutel noch im Wasser. Die Brühe kann jetzt keiner mehr trinken.

Timofej kocht neuen Tee und sagt uns, dass wir uns im Bad die Gesichter waschen sollen. Mit keinem Wort erwähnt er, was dort draußen beinahe geschehen wäre.

Erst als wir alle drei um den Küchentisch sitzen, fragt er: »Willst du mir erzählen, was das vorhin sollte?«

Sanja ist blass und sieht aus wie ein Geist. Stumm stellt sie die Pillendose auf den Tisch.

Timofej scheint alles schneller zu begreifen als ich, denn er seufzt nur. Sein mitfühlender Ton macht mich irgendwie wütend. Sanja hat eine Tracht Prügel verdient. Den eigenen Vater mit Hepatitisviren zu infizieren, fällt sicher nicht in die Kategorie *Unsinn*. Eher in *Riesenscheiße*.

»Das ist doch nicht auf deinem Mist gewachsen. Hat dich jemand angestiftet?«

Sie schüttelt den Kopf.

»Ist noch was geplant?«

Sie sieht ihn nicht an. »Ich weiß nicht.«

Nachdenklich nickt er, aber sein Ton wird strenger und kriegt etwas von einem Verhör. »Haben dich die Jamas dazu angestiftet?«

Vehement schüttelt sie den Kopf. »Hanads Eltern wissen nichts davon.«

»Aber Hanad?«

Sie zuckt mit den Schultern.

»Woher hast du das Zeug?«

Sie zögert. Sie will niemanden verraten, aber Timofej hat so eine Art, dass man ihm alles erzählt. Vielleicht will sie auch, dass er das Problem für sie löst. Sie ist da in irgendwas hineingeraten, das ihr über den Kopf gewachsen ist.

»Du musst mir schwören, dass du ihn nicht verrätst«, sagt sie eindringlich.

»Okay.«

»Ich weiß nicht genau, woher Hanad das hat, aber ich glaube, Dearing hat es ihm gegeben.«

Timofej lehnt sich zurück und verschränkt die Arme.

Ich könnte Sanja schütteln. Wenn sie nicht mal weiß, was genau in den Tabletten ist, wie kann sie es da den Astronauten geben wollen? Wer weiß denn, ob das Zeug wirklich nur krank macht?

»Sanja …«, beginnt Timofej, aber sie schüttelt aufgeregt den Kopf und fasst nach seiner Hand.

»Du hast es versprochen. Wenn du es jemandem erzählst, wird er Ärger kriegen. Und seine Familie hat schon genug durchgemacht.«

»Daran hätte er vielleicht denken sollen, bevor er mit dir zusammen so was anleiert«, fahre ich dazwischen, worauf Sanja ebenfalls die Arme verschränkt.

»Du weißt doch nicht, wie das da draußen ist«, sagt sie. »Wir hatten immer Geld. Ma und Pa haben dir jedes Instrument gekauft, das du wolltest, jedes Programm. Für Leute wie Hanad ist es schwer.«

Ich würde ihr gern sagen, dass das noch lange nicht rechtfertigt, was sie vorhatte, aber ihr Gesichtsausdruck hält mich davon ab. Sie sieht aus, als hätte sie Schmerzen. Zum ersten Mal kommt mir der Gedanke, dass Sanjas Engagement vielleicht nicht einfach nur Spinnerei ist, sondern etwas, an das sie wirklich glaubt. Aus Mitgefühl mit anderen. Bisher dachte ich immer, ihre Sympathie für die FM käme daher, dass sie will, dass Pa hierbleibt, aber vielleicht steckt noch viel mehr dahinter.

»Das ist ganz schön starker Tobak«, sagt Timofej in meine Gedanken. »Das ist nicht nur Körperverletzung, das ist ein Sabotageakt. Und wer weiß, was noch alles geplant ist.«

Sanja sinkt in sich zusammen, als würde sie sich auf das Donnerwetter vorbereiten, das über sie hereinbrechen wird.

Ich lehne mich vor und lege Timofej die Hand auf den Arm. »Du darfst es niemandem sagen, sonst kriegt sie richtig Ärger.«

Überrascht sieht sie mich an, während mich Timofej stumm beobachtet.

Was? Trotz allem ist sie immer noch meine Schwester. Wenn auch meine durchgeknallte Schwester.

»Wisst ihr eigentlich, was ihr da verlangt?« Er steht auf und tigert im Wohnzimmer herum. Er hat das Deckenlicht nicht eingeschaltet; nur eine kleine Notleuchte und ein wenig Mondlicht erhellen das Zimmer. »Was, wenn die noch mehr planen? Wenn Sanja nicht die Einzige ist, der sie so was gegeben haben?«

Er hat recht. Langsam dämmert mir, wie anfällig die Mission ist und an wie vielen Stellen irgendetwas schiefgehen kann. Kein Wunder, dass Bergelson so paranoid ist.

»Dann sag, du hast deine Infos von einer anonymen Quelle«, erwidere ich.

»So einfach funktioniert das nicht. Das ist hier kein Film, wo sich alles in fünf Minuten wie durch ein Wunder auflöst.« Jetzt klingt er wütend.

»Bitte!«

Sanja krümmt die Schultern und beginnt wieder zu weinen. Sie tut es nicht, um ihn rumzukriegen, sie ist einfach am Ende. Ich nehme sie in den Arm, und sie klammert sich an mich wie früher, als sie noch ganz klein war und Angst im Dunkeln hatte.

»Na schön, ich sehe zu, was ich machen kann«, sagt Timofej schließlich. »Aber wir sagen es euren Eltern. Das ist das Mindeste.«

Ich kann spüren, wie Sanja zusammenzuckt, aber sie nickt.

Eine ganze Weile bleiben wir einfach so sitzen. Niemand sagt etwas, niemand bewegt sich. Alles ist irgendwie aus den Fugen geraten, und ich halte mich an ihr genauso fest wie sie sich an mir.

Days Hours Mins Secs
015 12:19:53

Am Ende ist es so:

Ma schreit uns an. Vor allem Sanja. Genau achteinhalb Minuten lang, ich schaue auf die Uhr. Dann nimmt sie sie in den Arm und drückt sie so fest an sich, dass Sanja vor Schmerz die Augen zusammenkneift. Und danach kriegt Sanja Hausarrest für den ganzen kommenden Monat, den sie wortlos hinnimmt.

Das ist der Zeitpunkt, an dem sich Timofej verabschiedet und den Bungalow verlässt. Er fordert Pa auf, anschließend zu ihm zu kommen, damit sie das weitere Vorgehen bereden können, und Pa nickt stumm.

Er schreit Sanja nicht an. Stattdessen steht er einfach völlig ratlos vor ihr und schüttelt den Kopf. Er versteht so wenig, wie es so weit kommen konnte, wie ich. Dann fragt er ganz leise: »Bedeute ich dir so wenig, dass du mich vergiften willst?« Es klingt nicht wütend, nicht mal zynisch. Einfach nur enttäuscht und traurig.

»Nein! Dir sollte doch nichts Schlimmes passieren, du sollst doch nur hierbleiben.« Diesmal ist es Sanja, die sich in seine Arme wirft und ihn fest drückt. Dabei heult sie wie ein Schlosshund und verschluckt sich an den Tränen. »Ich hab dich lieb, Papa«, flüstert sie in sein T-Shirt, und Ma zieht mich am Ellbogen zu ihnen hin, damit wir sie in unsere Mitte nehmen können.

»Gruppenkuscheln«, flüstert sie und benutzt damit ein Wort, das wir früher immer gesagt haben, als Sanja und ich noch klein waren, und Pa noch nicht so oft fort. Wie aneinandergeschmiegte Pinguine im Schneesturm stehen wir da und hoffen, dadurch irgendwie der Kälte trotzen zu können.

Pa fährt Sanja durchs Haar und sagt immer wieder: »Meine Kleine.« Er sieht immer noch aus, als hätte er einen Geist gesehen. Etwas, das unmöglich ist. Etwas, an das er nie geglaubt hat. Unseren Schmerz darüber, dass er uns verlässt. Zum ersten Mal scheint er wirklich zu begreifen, was seine Entscheidung für die Mars-Mission mit uns macht.

Als Sanja den Kopf hebt, ist ihr Gesicht fleckig vor Aufregung, Rotz und Tränen. Ich gebe ihr ein Taschentuch, und sie schnäuzt sich laut.

»Wir reden noch darüber«, sagt Ma und sieht Sanja eindringlich an. »Über deine Freunde und diesen Dearing.«

»Hanad ist ein guter Mensch«, wirft Sanja ein, aber sie klingt nicht so, als wolle sie sich streiten.

»Auch gute Menschen machen Fehler«, erwidert Ma. »Und dieser Dearing ist ganz sicher kein guter Mensch, wenn er Kinder zu solchen Sachen anstiftet.« Sie seufzt. »Aber für heute ist es genug. Ihr geht jetzt erst mal wieder ins Bett.« Sie scheucht Sanja ins Bad, damit sie sich, zum zweiten Mal in dieser Nacht, das Gesicht waschen kann.

Unterdessen stehen Pa und ich in der Küche, und ich frage mich, welches Nachspiel diese Episode haben wird. Für

Dearing, für Sanja, und auch für Hanad. Wird Pa Bergelson davon erzählen? Wird er es ignorieren?

Als ich seinen Blick auffange, ahne ich, dass er genau das tun wird. Trotz allem ist er unser Pa, er wird schon dafür sorgen, dass Sanjas Dummheit keine dauerhaften Konsequenzen hat.

Vor ein paar Tagen hat es mich noch geärgert, dass Sanja immer mit allem durchkommt, aber jetzt bin ich nur froh, dass die Geschichte rechtzeitig abgebrochen wurde. Ich habe den Eindruck, dass wir zwar auf den Abgrund zugerannt, aber ganz kurz davor zum Stehen gekommen sind. Mit den Zehen schon über dem Rand.

»Bist du wütend?«, fragt er mich plötzlich, und ich sehe auf.

»Mhm?«

»Du schaust so finster.«

»Nein«, antworte ich, merke aber sofort, dass es eine Lüge ist. Oder eine Halbwahrheit. Eben nicht die ganze Wahrheit.

Ich bin vieles. Auch wütend.

Es ist mir vorher nur nicht aufgefallen.

Vielleicht bin ich schon eine ganze Weile wütend. Ziemlich sogar. Und jetzt fällt es mir endlich auf, dieses beißende Gefühl im Magen. Das Gefühl, gleich platzen zu müssen, wenn ich nicht auf irgendetwas einschlage.

»Warum?«

Ich hebe die Arme und rufe: »Weil das hier echt beschissen ist, Pa!«

Er zuckt zusammen. »Ich dachte …«

»Was? Dass ich das alles gut finde?«

»Nein, aber …« Hilflos hebt er die Hände, als wäre er mein Spiegelbild.

»Mensch, Papa, was hast du denn erwartet? Du fliegst irgendwohin an den Arsch des Universums, wo dich niemand erreichen kann, und wir wissen noch nicht mal, ob du auch wiederkommst. Hast du ehrlich geglaubt, dass wir danebenstehen und jubeln?«

Er antwortet nicht und bestätigt mir damit meinen Verdacht, dass er vielleicht genau das erwartet hat.

Auf einmal kommt er mir unglaublich jung vor. Und ziemlich dumm. Lieb und dumm und so einfühlsam wie ein Holzklotz. Er und Erle würden sich prima verstehen.

Aber er ist nicht mehr jung. Ich bin jung. Ich bin das Kind. Genau wie Ma gesagt hat. Und ich bin noch nicht so weit. Ich kann ihn noch nicht loslassen. Ich will immer noch getröstet werden, wenn ich mir die Knie aufschlage. Ich will, dass er mich in den Arm nimmt und mir erzählt, dass alles gut wird. Dass er auf mich aufpassen wird. Dass er mich in Seattle besuchen kommt und mir dabei hilft, neue Möbel aufzubauen. Weil er eben mein Vater ist, und Väter so was machen. Sie sind für dich da, egal was. Und ich finde es beschissen, dass er geht.

»Ianthe, ich würde dir die Sache gern erleichtern. Ich will euch nicht wehtun.«

»Dann bleib hier.«

»Das kann ich nicht.«

»Weißt du, dass Honey mich gefragt hat, ob ich am Tag des Starts im Frühstücksfernsehen auftrete?«

»Das ist doch super!« Er tritt einen Schritt auf mich zu, aber ich hebe erneut die Hände.

»Ja, aber dann kann ich nicht beim letzten Verabschieden dabei sein. Und irgendwer muss doch Ma und Sanja trösten.« Ich drücke mir die Faust gegen die Brust. »Ich habe auch meine Träume, genau wie du. Ich will nach Seattle, und ich will ins Fernsehen, stattdessen muss ich immer Rücksicht nehmen.«

Weil du es nicht tust.

Das sage ich nicht, aber meine Hände jucken, und ich balle sie zu Fäusten. Das Jucken wird schlimmer. Mein Blick fällt auf die Vase.

Und schon kracht es. Glassplitter fliegen durch die Luft. Ich höre Pa meinen Namen rufen, und wie in Zeitlupe beobachte ich ihn dabei, wie er die Hände sinken lässt und mich fassungslos anschaut. Genau wie zuvor Sanja. Wir müssen ihm ziemlich verrückt erscheinen.

Ich habe die Vase an die Wand geworfen. So wie Tony es mir geraten hat. Und ich fühle mich schon viel besser. Erleichtert, weil endlich mal alles raus ist. Die Wut und die Enttäuschung. Warum soll ich mich immer zusammenreißen? Sanja hat recht: Drauf geschissen! Hier in dieser dämlichen Küche bin ich nicht Starlet, kann mir doch egal sein, wie ich aussehe oder was irgendwer davon hält, wenn ich vor lauter Frust was an die Wand werfe oder nicht so stark bin, wie das alle immer gern hätten. *Reiß dich zusammen, sei unabhängig, heul nicht rum, blablabla.* Aber hier bin ich Ianthe. Und die hat die Nase voll!

Pa sieht mich an, als hätte ich den Verstand verloren. Vielleicht habe ich das auch. So ein bisschen. Das scheint mir auch nicht die richtige Zeit, um vollständig bei Verstand zu sein. Wie soll man das denn alles aushalten?

Einen Moment lang starren wir uns an, dann schließt mich Pa in die Arme, als wäre das seine Antwort auf alles.

Ma kommt aus dem Bad und fragt: »Was ist denn jetzt schon wieder los?«, aber wir antworten nicht.

Meine Augen brennen. Ich kann die Tränen nicht aufhalten, während Pa mich festhält und vielleicht selbst ein bisschen weint.

Days Hours Mins Secs

014 08:43:08

Wir frühstücken ein letztes Mal zusammen. Timofej ist rübergekommen, schließlich ist er genauso Teil dieser Familie wie wir. Er sieht nicht gut aus. Die dunklen Ringe unter seinen Augen wirken, als hätte jemand mit einem breiten Pinsel in sein Gesicht gemalt. Eine Stunde dauert dieses Kaffeetrinken, in der wir kaum etwas sagen. Abwechselnd starren wir auf die Uhr im Kühlschrankdisplay, die ohne Gnade vorwärts zählt.

Die Minuten vergehen wie Sekunden.

Niemand erwähnt den Abend zuvor. Ich weiß nicht, was Pa und Timofej besprochen haben oder wem sie was erzählt haben. Ich höre nur das leise Summen der Securitydrohnen, die über dem Bungalow ihre Kreise ziehen. Häufiger als vorher, wie es mir scheint.

Fünf Minuten bevor das Auto kommt, um Pa und Timofej abzuholen, steht Timofej auf und sagt: »Nun ja.«

Es gibt nichts mehr vorzubereiten, alle Taschen sind abgeholt, alle Andenken eingepackt. Wir erheben uns von den Stühlen, die Sonne scheint wie immer auf unsere Füße und wärmt uns die Zehen, während ich innerlich friere.

Im Wohnzimmer scharen wir uns um Timofej und beginnen unseren Abschied, gemurmelte Worte, feste Umarmungen und immer wieder Küsse auf seine stoppelige Wange, weil er so nachlässig mit dem Rasieren ist. Mir rauscht das

Blut so stark in den Ohren, dass ich nicht höre, was er zu mir sagt. Ich muss nachher Ma fragen. Stattdessen nicke ich nur wie eine aufgezogene Puppe.

Aber als ich ihn ein letztes Mal umarme, merke ich, dass auch er zittert. Das Zittern erfasst seinen ganzen Körper. Ich drücke ihn fest an mich, bis das Zittern nachlässt, denn ich will, dass er weiß, dass wir auf ihn warten. Genau wie auf Pa.

Sein letzter Blick gilt Ma, die die Hand auf den Mund gedrückt hat und ihn schweigend ansieht. Dann schnieft er einmal kurz und dreht sich um. Ohne ein weiteres Wort verlässt er den Bungalow.

Nun ist es so weit. Pa wird gehen. In einer Minute oder zwei.

»Ich …«, sagt er und bricht ab.

Ma schüttelt den Kopf und schiebt mich zu ihm. Einer muss ja anfangen.

Er nimmt mich in den Arm und drückt mich fest an sich. Mein Nacken schmerzt, seine Umarmung ist viel zu stark, aber ich beschwere mich nicht. Stattdessen vergrabe ich die Nase an seinem Hals und versuche mir einzuprägen, wie er riecht. Wie es sich anfühlt, wenn er mich hält. Ich fühle mich sicher bei ihm. Am liebsten würde ich für immer so stehen. Aber das geht nicht. Sanja will sich auch verabschieden. Und Ma. Und uns bleibt so wenig Zeit.

Ich habe geglaubt, eine Woche würde reichen, um unsere Abschiedsworte zu sprechen, aber das ist gar nichts. Fieberhaft überlege ich, was ich ihm noch sagen muss, mich erfasst panische Angst davor, dass mir nachher noch etwas einfallen wird und dann ist es zu spät. Aber mir fällt nichts ein. Das Offensichtliche ist bereits gesagt. Dieses *Ich hab dich lieb*, das *Komm zurück zu uns*. Und auch das *Pass auf dich auf*.

Sanja reißt sich so sehr zusammen, dass sie mit den Zähnen klappert, ihr Mascara ist längst verschmiert. Als Ma und Pa sich umarmen, schaue ich zu Boden. Ich kann es nicht ertragen, zu sehen, wie sich ihr Gesicht verzieht.

»Scheiß drauf«, sagt Ma nach einem Moment und löst sich von Pa. »Ich geh da auf keinen Fall raus.« Sie wischt sich mit den Handballen über die Augen.

Pa nickt.

Honey wird toben. Das sind die Bilder, die er will. Wie sich die Astronauten von ihren Familien verabschieden. Große Emotionen eben. »Das wollen die Leute«, sagt er immer. »Mitfiebern. Mitheulen und mitlachen.«

Aber die Leute sind nicht meine Familie. Das ist unser Moment. Unser Abschied. Er gehört nur uns.

Wir stehen da wie Soldaten. Sanja, Ma und ich. Nebeneinander, ohne uns zu berühren, die Arme hängen an den Seiten. Wie erstarrt, weil es nun wirklich so weit ist. Ich fürchte, wenn Pa die Hand ausstreckt, werde ich mich an ihn klammern. Deshalb verschränke ich die Arme. Keiner sagt einen Ton, während von draußen Gemurmel und Motorengeräusche zu hören sind.

In mir tobt ein Sturm, doch für einen kurzen Moment, hier in diesem Bungalow, steht die Zeit still.

Ich sehe Pa an, er blickt zurück. Dann sieht er zu Ma und Sanja. Ich versuche, mir sein Gesicht so genau wie möglich einzuprägen. Ich will nichts vergessen. Nicht den Schatten grauer Haare. Nicht die Lachfalten, nicht all die kleinen Merkmale, die sein Gesicht zeichnen.

Es klopft an der Tür, Pa schaut kurz zurück, er nickt.

Die Zeit ist abgelaufen.

Ich will ihn aufhalten, hebe schon die Hand, da merke ich, wie Ma neben mir schwankt, und sehe aus den Augenwinkeln, wie Sanja einen Schritt nach vorn macht.

Ich sehe auch einen Ausdruck über Pas Gesicht huschen, ein beinahe panisches Blinzeln, und ich kann den Zweifel plötzlich ganz deutlich spüren. Wie eine Welle rollt er von ihm zu mir. Und auf einmal weiß ich ganz genau, was ich tun muss. Weil Träume manchmal auch Hilfe von anderen brauchen.

Ich nehme all meinen Mut zusammen und sage: »Flieg.«

Ma atmet erschrocken aus, dann noch einmal. Ruhiger. Sanja lehnt sich an sie, aber ich nicke nur, und Pa nickt zurück.

Auf einmal geht alles sehr schnell. Er tritt an uns heran. Nimmt mein Gesicht in seine Hände, küsst mich aufs Haar, dann Sanja und dann Ma auf den Mund. Dann dreht er sich um und verlässt den Bungalow. Hinter ihm fällt die Tür ins Schloss, und wir hören aufgeregte Stimmen. Wahrscheinlich beugt sich Honey gerade in diesem Moment zu ihm, um zu fragen, wo wir sind. Aber wir werden nicht gehen. Während Pa in den Wagen steigt, stehen wir wie zu Salzsäulen erstarrt im Wohnzimmer und fühlen uns so verlassen wie noch nie zuvor.

Days Hours Mins Secs
014 16:00:00

Quarantänezeit – zu Hause

Die nächsten Tage fließen zäh dahin. Die Zeit wirkt merkwürdig dickflüssig. Wir sind uns jeder Stunde bewusst, die verstreicht, unruhig werfen wir Blicke auf die Uhren, als könnten wir damit die Zeit zwingen, langsamer zu verstreichen. Damit der Tag des Abflugs nie herankommt.

Wir sprechen kaum miteinander. Stattdessen versuchen wir, uns abzulenken. Ma putzt das ganze Haus. Und entrümpelt. Wie eine Besessene füllt sie einen Müllbeutel nach dem anderen und verringert unseren Hausstand um die Hälfte.

Sanja sitzt währenddessen stumm wie ein Fisch auf ihrem Bett, das Magmag in der Hand. Ich glaube nicht, dass sie mit Hanad redet. Seit Pa mit seinen Eltern gesprochen hat, haben sie Hanad den Umgang mit ihr verboten. Zumindest für eine Weile. Nicht weil sie nicht zu Ende gebracht hat, was sie vorhatte, sondern weil Hanad und sie sich von der FM so haben beeinflussen lassen.

Ma findet das gut. »So habt ihr Zeit, euch mal ein bisschen abzukühlen«, sagt sie.

Sanja findet es Mist, denn sie vermisst Hanad und läuft die meiste Zeit mit hängendem Kopf rum. Ich habe den

Verdacht, dass es nicht lange dauern wird, bis Ma nachgibt und bei den Jamas ein gutes Wort für sie einlegt.

»Hättest du das wirklich durchgezogen, wenn ich nicht gekommen wäre?«, frage ich sie eines Abends, während Ma Abendbrot macht und wir im Garten im Gras sitzen.

Sie zuckt mit den Schultern. »Weiß nicht.«

Das ist alles, was sie dazu sagt. Nur jedes Mal, wenn es bei uns klingelt, zuckt sie verschreckt zusammen, weil sie Angst hat, es kommt jemand ihretwegen. Aber niemand will sie verhören. Und niemand verrät irgendetwas an die Presse. Was immer Pa und Timofej Bergelson erzählt haben, sie haben auch sichergestellt, dass Hanad und Sanja nicht vor einen Jugendrichter müssen.

Um Dearing ist es allerdings ein bisschen stiller geworden. Er tritt weniger oft vor die Kameras, und seine Reden sind weniger aggressiv.

Ich schleppe mich durch die Tage, und wenn ich nicht gerade auf Moskitojagd gehe, versuche ich eine Antwort für Honey zu finden.

Will ich den Auftritt?

Ja.

Will ich Pa hinter der Glasscheibe noch einmal sehen und bei Ma und Sanja sein?

Auch ja.

Leider verfüge ich nicht über die Fähigkeit, an zwei Orten gleichzeitig zu sein.

Ma und Pa wollten immer, dass wir unabhängig sind, Sanja und ich. Dass wir unser eigenes Ding machen und uns nicht zurückhalten lassen von irgendwelchen Moralvorstellungen oder Freunden, die nicht verstehen, wenn wir etwas anders machen als sie. Sie haben nur nicht erwähnt, wie schwer das ist. Weil man ja nicht immer *gegen* eine Sache ist, nur manchmal eben auch noch *für* etwas anderes.

Weil ich mich nicht entscheiden kann, schaue ich Serien. Suche im Netz nach Bildern von Seattle und vergleiche Wohnungen. Ich poste Zeilen der neuen Songs und lese Kommentare dazu. Aber mir fehlt die Kraft, zu antworten.

Erle ruft mich mitten in der Nacht an, um mich daran zu erinnern, dass ich Bilder posten soll. Die Leute wollen was Privates. Also schicke ich ihm ein Bild von den Moskitos an der Fensterscheibe und schreibe drunter: *My life right now.*

Er postet es trotzdem, und sorgt damit für einen Anruf von Oma Lotte, die besorgt wissen will, ob wir einen Kammerjäger brauchen. Irritiert fragt Ma, wie sie auf die Idee kommt. Oma Lotte davon zu überzeugen, dass das Bild keinen ernsten Hintergrund hat, dauert eine ganze Stunde lang. Eine Stunde, in der wir nicht an Pa denken. Manchmal glaube ich, selbst meine Familie glaubt meinen Posts mehr als mir selbst. Dabei sind die Hälfte von Starlets Einträgen gar nicht von mir, sondern von Erle.

Irgendwie bringen wir die Zeit jedenfalls rum. Wir leben in dieser Blase, in der die Außenwelt nicht existiert. Wir verlassen kaum das Haus, außer zum Einkaufen, und weder Ma noch Sanja beschweren sich darüber, dass ich stundenlang laut Musik höre. Manchmal kommen sie in mein Zimmer und tanzen eine Runde, bis sie sich erschöpft auf einen Stuhl fallen lassen. Sanja ist ohnehin auf Bewährung, einmal in der Woche geht sie zu einer Therapeutin, die ihr helfen soll, mit all ihrer Wut und Angst umzugehen. Ma hat mich gefragt, ob ich das auch will, oder ob sie einfach noch ein paar Vasen kaufen soll. Nach reiflicher Überlegung hab ich mich dafür entschieden, Mundharmonika zu lernen. Das ist cool bei Liveevents, und jeder hat halt so seine Art, mit Stress umzugehen. Ma akzeptiert das.

Gelegentlich erwischt einer von uns die News, aber dann schalten wir sofort um. Einmal springt Sanja mitten beim Abendessen auf, weil noch das Radio läuft und einer der unzähligen Berichte über die Marsmission beginnt. Dabei reißt sie fast das Radio vom Regal. Ich nutze die Gelegenheit, um ihr die letzte Erdbeere vom Teller zu klauen.

In der Nacht telefoniert Ma manchmal mit Pa. Sanja und mich ruft er meistens nach dem Frühstück an. Als wären wir kleine Kinder, die um sechs Uhr abends schon ins Bett müssen. Er will seine Zeit mit Ma nicht mit uns teilen. Die Nächte gehören ihnen.

Es ist wie jedes Mal bei seinen Missionen. Als wäre er bereits auf der Raumstation. Wir erzählen ihm Belanglosigkeiten, aber das ist irgendwie okay. Alles Wichtige ist schon gesagt. Eine Wiederholung macht es auch nicht besser.

Stattdessen spiele ich ihm Songs vor, und wenn mich die Traurigkeit zu sehr überkommt, stelle ich den blöden Robonauten an, damit er mir etwas vorliest. Wenn Blicke töten könnten, würde das Ding jedoch mit einem Kurzschluss umfallen, so wütend sehe ich es dabei an. Natürlich kriege ich deshalb ein schlechtes Gewissen und nenne den Robonauten am sechsten Tag *Ernest*, um mich besser zu fühlen.

Wir *bonden*, der Robonaut und ich.

Ich stelle ihn auf die Terrasse, damit er eine schönere Aussicht hat. Ich setze ihm ein Basecap auf, gegen die Sonne. Und wenn sich ein Moskito auf ihm niederlässt, hole ich die Fliegenklatsche. Ernest wird Teil unserer Familie, und in den folgenden Tagen wandert er ohne mein Zutun immer mal wieder an einen anderen Ort im Garten. Ich habe den Verdacht, dass Ma und Sanja ihn ebenfalls ab und zu umstellen, damit es ihm nicht zu langweilig wird.

Es geht uns gut.

Drei Tage vor dem Start besucht mich Tony. Das hat er noch nie gemacht, und ich bin einigermaßen irritiert. Einen sehr langen Moment starre ich ihn an, als er vor der Tür steht, und kratze mich hinter dem Ohr.

»Lässt du mich rein?«, fragt er schließlich und deutet auf den Flur hinter mir.

Ich runzle die Stirn, trete aber zur Seite und mache ihm Platz.

»Tony«, sagt Ma überrascht, als sie den Kopf aus der Küche steckt, um nachzusehen, wer da geklingelt hat.

»Hallo«, erwidert er und zieht sich die Schuhe aus. »War doch so, oder?«, fragt er mich.

Ich nicke. »Lass sie einfach hier stehen.«

Er schiebt seine Schuhe an die Wand und folgt mir in mein Zimmer, das aussieht, als wäre ein Wirbelsturm hindurchgefegt. Dabei war es nur Ma, die der Meinung war, ich müsste meine Sachen sortieren und ausmisten, bevor ich nach Seattle ziehe. Deshalb habe ich alle Schränke ausgeräumt und angefangen, Häufchen auf dem Fußboden, dem Bett und den Stühlen zu bilden.

»Willst du was trinken?«, frage ich, während ich das Bett abräume, aber Tony lehnt ab und lässt sich auf den frei gewordenen Platz fallen. Er verschränkt die Hände unter dem Kopf und starrt an die Decke.

Zögerlich setze ich mich im Schneidersitz neben ihn und sehe auf ihn hinunter. Er sieht gut aus. Noch immer blass, noch immer schmal, aber besser. Ruhiger irgendwie.

»Sie haben mich zu einem Therapeuten geschickt«, sagt er schließlich, ohne mich anzusehen.

»Gut?«

»Weiß noch nicht genau.« Er wirft mir einen Blick zu. »Nicht Kacke jedenfalls.«

»Immerhin.« Ich spiele mit dem Saum meiner Shorts und ziehe an einem Faden, der nicht abgeht. »Sanja übrigens auch.«

Überrascht sieht er mich an. Da fällt mir ein, dass er ja nichts von der Sache mit den Tabletten weiß, und ich will Sanja nicht verraten. Daher zucke ich nur mit den Schultern. »Wegen der ganzen Sache mit der Mission. Sie steckt's halt nicht gut weg.«

»Wer schon?«

Wir schweigen eine Weile, bis er unvermittelt sagt: »Es ging gar nicht richtig um meinen Dad, weißt du? Ich meine, wir haben uns schon so lange nichts mehr zu sagen …« Er legt sich die Arme über die Augen. »Ich war es nur so gewohnt, ihn zu hassen, dass es mir Angst gemacht hat, dass er nicht mehr da ist. Verstehst du das?«

»Du meinst, wenn der Feind bekannt ist, hat der Tag Struktur?«

Er lacht über den alten Witz und sieht mich einen Moment lang intensiv an. Dann fragt er: »Und jetzt?«

»Was jetzt?«

»Na, was machen wir jetzt ohne unser Feindbild?«

Ich grinse schief. »Wir machen einfach weiter.«

»Ja, aber womit?« Er richtet sich auf.

»Mit allem.«

»Ich habe keine Ahnung, was das sein soll.«

»Dann musst du es eben herausfinden.«

Wieder sieht er mich an, aber diesmal mit dem altbekannten Vorwurf im Blick. »Das sagst du so einfach.«

»Nicht einfach. Aber es ist nun mal so. Du probierst einfach etwas aus, und wenn es nicht klappt, suchst du dir das Nächste. Bis du was gefunden hast, bei dem du bleiben willst.«

»Und was ist, wenn ich immer wieder scheitere? Bei dir klingt das so einfach, aber du weißt ja auch, was du machen willst.«

Ungehalten schüttle ich den Kopf. »Das bedeutet aber nicht, dass ich nicht auch damit scheitere, du Sturkopf.«

»Macht dir das keine Angst?«

»Klar.« Ich boxe ihn freundschaftlich gegen die Schulter. »Aber ich hab noch mehr Angst davor, es gar nicht erst zu versuchen.«

Das ist die Wahrheit. Ich will nicht irgendwann alt sein und feststellen, dass ich alles Wichtige oder alles, was mir etwas bedeutet hat, verpasst habe.

»Ich sehe das so«, sage ich, »wenn mein Vater versucht, zum Mars zu fliegen, und nicht weiß, ob er scheitern wird, dann kann ich wohl hier versuchen, irgendwie zurechtzukommen, denkst du nicht?«

Er gibt mir keine Antwort, vielleicht weil er noch über eine nachdenken muss. Aber er nimmt meine Hand und legt sie auf seine Stirn. Dann schließt er die Augen, und auch ich entspanne mich.

I feel left behind,
and I dream big myself.
I say to myself: it will be all right.

Am Anfang der zweiten Woche meldet sich Honey bei mir und fordert eine Entscheidung, weil der Sender nicht länger warten kann.

Spontan sage ich ihm für den Auftritt ab.

Ohne vorher noch mal mit Erle darüber zu reden, schließlich weiß ich, was er dazu sagen würde. Er würde behaupten, dass sich so eine Chance nie wieder bietet. Aber stimmt das? Ich kann schließlich immer noch zur Rückkehr der Crew singen, denke ich mir ein bisschen trotzig. Das schauen sicher auch ein paar Millionen Zuschauer an. Oder ich werde einfach so erfolgreich, dass die Leute mich auch ohne Mars-Mission hören wollen.

Ich habe jedenfalls keine Lust, darüber zu diskutieren. Ich kann Ma und Sanja einfach nicht allein lassen, und ich will mein letztes Goodbye mit Pa.

Dieses Mal ist Ianthe wichtiger als Starlet. Irgendwann ist das vielleicht mal andersherum.

Days Hours Mins Secs

000 09:06:22

08. August 2039

Was die meisten Leute nicht wissen: Es ist nicht wie in Filmen, wo sie ein paar Stunden oder Minuten runterzählen. Der Countdown beginnt lange vor dem Start. Tage davor.

Während wir noch zu Hause am Frühstückstisch sitzen, leuchtet im Kontrollraum schon die rote Anzeige. In diesen Stunden wird alles noch einmal überprüft. Jede Schraube untersucht. Jedes Kabel kontrolliert. Nichts und niemand bleibt unbeobachtet. Vor allem nicht die Astronauten. Und das Wetter. Alle hoffen auf Sonnencreme statt Regenschirm. Aber über uns leuchtet wie immer strahlend blauer Himmel.

Dann kommt der Tag, der alles verändert.

Für uns und für alle.

Ma steht als Erste auf. Wahrscheinlich hat sie gar nicht geschlafen. Auf jeden Fall hat sie nicht getrunken in dieser Nacht. Sie ist nüchtern und sieht aus wie ein Zombie, als sie den Kopf in mein Zimmer steckt, um mich zu wecken. Ihre Augenringe sind fast schwarz. Als sie jedoch zwanzig Minuten später aus dem Bad kommt, ist sie geschminkt und sieht plötzlich aus wie jemand, der mal atemberaubend schön war und nun älter wird. *#powerofmakeup*.

Sanja pfeift, als Ma in die Küche kommt.

»Gut so?«, fragt Ma und dreht sich in ihrem neuen roten Kleid einmal um die eigene Achse.

»Bombe.« Sanja hebt beide Daumen.

Mit einem »Uff!« lässt sich Ma neben uns auf den Stuhl fallen und schiebt ihren Frühstücksteller zur Seite. »Ich krieg keinen Bissen runter«, sagt sie und betrachtet missmutig unsere Müslischalen.

»Kaffee?« Ich deute auf die Maschine hinter mir.

»Von mir aus.«

Ich schenke ihr eine Tasse ein, dann sitzen wir schweigend um den Tisch und starren vor uns hin. Ma in ihrem mohnblumenroten Remember-me-Kleid und Sanja und ich in ausgeleierten Bademänteln.

Irgendwann sagt Sanja: »Ich hab aber keinen Bock auf die ganzen Journalisten und Fotografen.«

»Stell dich einfach hinter Ianthe«, erwidert Ma, »die ist für sie am interessantesten. Unser kommender Star.«

Ich zeige ihnen einen Vogel. »Bei euch piept's wohl. Ich bin doch nicht euer Ablenkungsmanöver.«

»Du bist der Star.« Ma nickt übertrieben.

»Die Leute lieben dich«, ergänzt Sanja mit gefalteten Händen und klimpernden Wimpern.

»Das könnt ihr vergessen.«

Sie grinsen sich an, und ich werfe Cornflakes nach ihnen. Wäre Pa hier, würde er sagen: »Aber bitte, meine Damen!«

Ist er aber nicht, deshalb endet Sanja mit einer Cornflakes-Milch-Pampe im Haar und Ma klaubt sich Brösel aus dem Ausschnitt.

»Sehr zivilisiert«, kommentiert sie, und ich zeige ihr die Zähne.

Nach dem Frühstück dauert es eine Ewigkeit, bis wir so weit sind. Ma sucht ihre goldenen Ohrringe, Sanja ihr Lieblingsshirt, und ich kann mich nicht zwischen Hose und Rock entscheiden. An, aus, an, aus. Der halbe Kleiderschrank liegt auf dem Bett, und jedes Outfit, das mir mein Schrankdisplay vorschlägt, empfinde ich als langweilig. Das habe ich doch alles schon mal getragen. Am Ende wird es Pas alte Anzughose aus blauer Schurwolle, die ich mir habe abnähen lassen. Die knittert nicht und fällt wie ein Traum. Dazu trage ich eine weiße Bluse. Elegant, aber cool. Eine Hose ist einfach sicherer mit den ganzen Fotografen, da muss man sich keine Sorgen machen, wie und wo man sich zu viel nach vorn beugt.

»Wir kommen zu spät«, schreit Ma schließlich durchs Haus und schiebt ein »Fuck« hinterher, für das sie sich heute ausnahmsweise mal nicht entschuldigt.

Dabei werden wir nicht zu spät kommen. Wir werden einfach ein bisschen schneller fahren, dann holen wir das wieder raus. Ma treibt uns trotzdem an.

Aber auch ihr fällt immer noch etwas ein. Sie hat das Magmag liegen lassen. Wo ist ihre Handtasche? Soll sie besser die hohen Schuhe zum Kleid anziehen? Irgendwann stehen wir schließlich wie Models kurz vor einer Fashionshow auf dem Flur und sehen uns gegenseitig prüfend an.

»Okay?«, fragt Sanja, und ich nicke.

»Okay.«

»Das sieht gut aus«, sagt Ma und deutet auf meine Hose.

»Ich darf nur nichts essen, sonst platzt der Knopf.« Ich hake die Daumen in den Bund.

Sanja kratzt sich mit dem Zeigefinger unter dem Haarband, weil es juckt. »Können wir jetzt endlich gehen?«

»Haben wir alles?« Ma sieht sich um, als würden wir auf Weltreise gehen.

Wir müssen nichts mitnehmen. Außer Taschentüchern vielleicht.

Als wir endlich im Auto sitzen, herrscht einen Moment lang Stille, weil die Situation so verrückt ist.

»Ihr flippt mir heute nicht aus, oder so?«, fragt Ma und wirft uns nacheinander einen Blick zu.

Sanja runzelt die Stirn. »Mensch, Ma …«

»Schon gut. Ich will dir nichts unterstellen.« Sie klopft mir aufs Knie, weil ich neben ihr sitze und erreichbar bin. »Und du? Alles klar bei dir?«

Ich nicke. Ich habe kein Gefühl mehr in den Händen, aber sonst ist alles klar. Ein hysterisches Lachen steigt in mir auf. Ich schlucke es runter.

»Na, dann los.« Ma atmet tief durch und startet den Wagen.

Unser persönlicher Countdown hat begonnen.

Während wir noch unterwegs sind, steigen die Astronauten bereits in ihre Raumanzüge. Sie reden ein letztes Mal mit den Journalisten. Honey hat seinen letzten großen Auftritt vor den Kameras. Die Spannung steigt, vor allem bei der Bodencrew, die erneut alles überprüft und die Rakete für den Start vorbereiten muss.

Wir sind ganz zum Schluss dran. In diesem Raum haben Journalisten keinen Zugang, nur der offizielle NASA-Fotograf steht in einer Ecke und schießt Bilder. Dabei versucht er so unauffällig wie möglich zu sein.

Nacheinander treten die Astronauten an die Scheibe, um sich von ihren Familien zu verabschieden. Am Ende wird das Glas fleckig sein von Lippenstift, Make-up und Tränen.

Den Anfang macht John.

Tony ist auch da. Blass, aber gefasst. Er sagt kein Wort, schaut kaum jemanden an. Aber auch er legt die Hand ans Glas, und als John ihn ansieht, grinst er schwach und nickt, bevor er zur Seite tritt.

Der Raum ist erfüllt von einer Kette aus Geräuschen. Manche Kinder schwatzen aufgeregt, einige weinen. Manche Partner drücken ihre letzten Küsse gegen die Scheibe, manche nur ihre Stirn. Es herrscht eine merkwürdige Mischung aus Traurigkeit und Aufregung, Stolz und Erleichterung, weil es nun endlich losgeht. Wir empfinden so viel gleichzeitig, dass einem ganz schwindlig dabei wird.

Ma, Sanja und ich treten an die Scheibe, Ma in der Mitte, und legen alle drei die Hände an die Scheibe. Pa hebt die

Arme, seine kleinen Finger liegen dort, wo Sanja und meine Hand das Glas berühren. Seine Daumen bei Mas Hand. Er lächelt nicht, sein Blick huscht über unsere Gesichter, als versuche er, sich jedes Detail genau einzuprägen.

Wir tun das auch. Immerhin ist das das letzte Bild von Pa. Unsere letzte Erinnerung an ihn. Dieses Bild werden wir für immer behalten. So ist das mit Erinnerungen. Die letzten sind immer die deutlichsten.

Wir machen keine Fotos. Das übernehmen an diesem Tag andere. Es wird Hunderttausende von den Astronauten geben. Uns reicht dieses eine Erinnerungsbild. Weil es das entscheidende ist.

Neben mir zuckt Ma, und für einen kurzen Augenblick befürchte ich, dass sie gegen die Scheibe haut, aber dann strafft sie die Schultern und sagt nichts. Wir sagen nichts. Pa sagt nichts. Wir sehen uns einfach nur an. Und wünschten, dieser Moment würde nicht zu Ende gehen. Durch die Scheibe ist nichts zu hören, Wörter helfen uns hier nichts.

Ma greift nach unseren Händen. Ihre Finger sind eiskalt. So wie wir hier stehen, sind wir ein Versprechen. Wir werden hier sein. Wenn er wiederkommt.

Pa lächelt, und Ma greift fester zu. Sie zieht uns mit sich, und langsam treten wir zurück. Sanja schnappt nach Luft. Ma greift noch fester zu. Schritt für Schritt treten wir von der Scheibe weg und Pa zur Seite.

Der Nächste ist dran.

Das war's.

Die letzten Minuten sind angebrochen. Gleich wird er uns den Rücken zukehren und aus dem Raum auf der anderen Seite der Scheibe gehen. Noch immer rauscht mir das Blut in den Ohren. Ich kann nichts hören, und mein Herz schlägt wie wild.

Als der letzte Astronaut fertig ist, heben alle noch einmal die Hand, dann gehen sie. Stille tritt ein.

Mas eiserner Griff um unsere Hände lockert sich auch dann nicht, als uns ein Assistent durch die Gänge bis in den Familienraum führt, von dem aus wir den Start beobachten können. Dort stehen Snacks und Getränke auf den Tischen. Der Sekt kommt später.

Wie erschlagen fallen wir auf die Stühle und starren auf den großen Bildschirm, der die halbe Wand einnimmt. Es herrscht bestes Wetter. Blauer Himmel, Sonnenschein. Die Moskitos werden in der Nacht eine Plage sein. Na, wenigstens darum muss sich Pa keine Sorgen mehr machen.

Sanja versorgt uns mit Kuchen, und obwohl weder mir noch Ma nach etwas zu essen zumute ist, stopfen wir uns die krümeligen Muffins in den Mund. Damit wir etwas zu tun haben. Auf einem zweiten kleineren Bildschirm wird stumm das Fernsehprogramm übertragen. Es werden Bilder der jubelnden Massen gezeigt, der Time Square ist voll wie zu Silvester. Der Tian'anmen-Platz genauso. Der Platz vorm Brandenburger Tor platzt aus allen Nähten. Dicht an dicht stehen sie auf dem Azadi-Platz in Teheran. Und auch auf der Shibuya Crossing steht ausnahmsweise mal alles still und sieht nach oben auf die Bildschirme. Die Welt ist so vereint wie selten. Irgendwie kann sich niemand diesem Gefühl entziehen. Es herrscht Aufbruchsstimmung. Weil alle Bescheid wissen. Etwas Großes geschieht hier. Und wir sind ein Teil davon.

Wir verspüren so etwas wie *Hoffnung*. Und letzten Endes geht es darum vielleicht mehr als um alles andere. Ganz gleich wie die Mission endet, für einen kurzen Moment sind wir alle berauscht von dem, was die Menschheit zustande bringen kann. Wenn sie nur will.

Zusammen.

Wir verfolgen, wie die Astronauten zur Startrampe fahren. Wie sie mit einem Aufzug hinauffahren und durch die Luke in die Rakete treten.

Honey hat überall seine Spione. Die Kameras übertragen mit fünf Sekunden Verzögerung jede Bewegung. Die Spannung steigt, ich glaube nicht, dass es gesund ist, wie schnell mein Herz rast.

Doch dann geschieht etwas.

Ein Wortwechsel zwischen Pa und Timofej. Alle Astronauten sehen Timofej an. Der Bildschirm wird kurz dunkel und wechselt dann von den Astronauten hinaus auf die Rakete. Die Kamera hält auf die Luke. Viel zu lange. Irgendetwas geht da vor sich. Ob es ein Problem gibt? Einen technischen Fehler? Wir richten uns in unseren Sitzen auf. Und dann gibt es Bewegung an der Einstiegsluke.

Als Timofej aus der Luke tritt, glauben wir an ein Wunder. Ich muss die anderen nicht ansehen, um zu wissen, was sie denken.

Er hat es sich anders überlegt. Er wird nicht fliegen.

Und wenn Timofej die Raumfähre verlässt, wird auch Pa zurückkommen. Einer folgt dem anderen so sicher wie eine Welle der anderen. So ist das bei ihnen.

Als Timofej ins Sonnenlicht blinzelt und sein Gesicht riesig auf den Bildschirmen über uns erscheint, atme ich erleichtert auf. Gleich wird dieser Traum enden, der uns alle so lange umgarnt hat. Es war ein Abenteuer, aber jetzt ist es vorbei, und alles wird wieder so werden wie früher.

Erleichtert atme ich auf und starre auf die Luke.

Jeden Moment …

Aber Pa kommt nicht. Timofej fährt allein wieder hinunter.

»Was zum …«, sagt Ma, und Sanja sieht mich fragend an.

»Keine Ahnung«, erwidere ich und schüttle den Kopf.

Ich sehe mich um, Tony und Prianka starren zu uns rüber. Ich will gerade aufstehen und zu ihnen rübergehen, als eine Kamera zum Ersatzteam schaltet. Wenn Timofej nicht fliegt, wird es ein anderer an seiner Stelle tun. Ronnis Vater. Seine Familie muss sich nun damit abfinden. Ich kann mir nicht vorstellen, wie sie sich fühlen. Dabei dachten sie doch, dass sie sicher sind und ihr letzter Gruß hinter Glas nur vorübergehend.

Ich kann nicht zu ihnen rübersehen, doch ich höre das erschreckte Atmen, das Weinen und die geflüsterten Worte.

Alles geht so schnell, so scheint es mir zumindest. Ich kann nichts sagen, ich kann nur auf den Bildschirm starren wie alle anderen. Niemand spricht. Aber ich kann die Blicke der anderen Familien auf uns spüren.

Was passiert hier nur? Wieso ist Timofej ausgestiegen? Ohne Pa? Ausgerechnet Timofej. Geht es ihm gut? Was wird Pa nun tun? Ohne ihn fliegen?

Dass Timofej nicht zum Mars fliegt, ist so unglaublich wie ein Sechser im Lotto. Die Möglichkeit bestand natürlich immer, aber es hat doch niemand ernsthaft daran geglaubt! Die Presse und das Netz werden ausflippen.

Doch hier auf dem NASA-Gelände geht es weiter, als wäre nichts passiert. Dafür gibt es schließlich die Ersatzteams. Es geht weiter im Protokoll, während mir das Herz beinahe die Brust sprengt.

Die Backup-Systeme werden konfiguriert, immer wieder gibt es Statusmeldungen.

»Wo ist er jetzt?«, fragt Sanja, und uns ist klar, dass sie Timofej meint.

Ma zuckt mit den Schultern und starrt auf den Bildschirm. Ihr Blick klebt an Pa, der links in der zweiten Reihe sitzt, als könnte sie ihn damit irgendwie dazu bringen, ebenfalls auszusteigen. Aber er tut es nicht. Stattdessen betritt Ronnis Vater die Rakete und wird von den anderen Astronauten begrüßt. Er setzt sich auf Timofejs Platz und wechselt ein paar Worte mit Pa, die niemand hier draußen hört.

Nicht mal mehr 10 Minuten. Die Zugriffsarme des Rampenturms werden eingeklappt. Der eigentliche Start beginnt.

Ich verschränke die Arme und beuge mich ein Stück nach vorn.

Nach und nach wird die Rakete von allem freigegeben, was sie am Boden hält. Nur noch 4 Minuten.

Ich balle die Hände zu Fäusten und kneife mit den Nägeln ins empfindliche Handinnere.

Die Astronauten haben ihre Helmvisiere geschlossen. Jetzt sehen sie alle gleich aus.

Ma steht auf, und wir mit ihr.

Keine Minute mehr, bis es los geht.

Wir greifen uns wieder an den Händen. Mas Hand ist immer noch eiskalt. Sanja hingegen schwitzt wie bei einem ersten Date.

Die Sekunden zählen runter. Jetzt kann den Start niemand mehr manuell abbrechen.

Ich beiße mir in die Oberlippe, bis ich Blut schmecke.

Die letzten 10 Sekunden beginnen. Sie ziehen sich merkwürdig in die Länge, so viel passiert in dieser kurzen Zeit, und doch sind sie nicht genug.

Wir sehen die ersten Funken unter den Triebwerken.

Ich halte die Luft an.

Ein Rütteln erfasst die Rakete.

Als alle Sekunden aufgebraucht sind und die rote Null über unseren Köpfen leuchtet, startet die Rakete und eine Stimme verkündet laut über alle Lautsprecher: »We have a Lift-off.«

Und der Jubel wird ohrenbetäubend.

Dieses Geräusch werde ich mein Leben lang nicht vergessen. Das Weinen wird übertönt.

Die Rakete fliegt in den Himmel. Nichts kann sie aufhalten.

Jemand lässt die Sektkorken knallen, und ich halte noch immer Mas Hand. Den anderen Arm hat sie um Sanja gelegt, die das Gesicht an ihrem Busen vergraben hat. Sie weint leise, und ihre Schultern zittern. Unser Handgriff ist fest, fast schmerzhaft, aber wir lassen nicht los.

Nichts hat uns darauf vorbereitet, was wir wirklich fühlen, als Pa tatsächlich fort ist. Diese beißende Leere, die plötzlich über uns hereinfällt, diese Endgültigkeit und auch die Gewissheit, dass es nun kein Zurück mehr gibt. Wir werden morgen nicht aufwachen und alles war nur Einbildung.

Wir glauben nicht mehr an Wunder. Nur an das, was Menschen entscheiden und tun. Pa hat vor langer Zeit entschieden, dass er zum Mars fliegt. Und er tut es.

Wir lassen los vom Wünschen.

Days Hours Mins Secs
000 00:00:00

Um uns herum herrscht ausgelassene Fröhlichkeit, die NASA feiert. Und wie. Irgendwie wirken alle ein bisschen überrascht, dass der Start so gut geklappt hat. Als hätten sie gar nicht richtig damit gerechnet. Und jetzt fällt die ganze Anspannung von ihnen ab. Die Leute wirken wie betrunken, selbst wenn sie es nicht sind. Die Proteste gegen die Mission sind zwar nicht verstummt, aber ihr Rufen geht im Jubel der Feiernden unter.

Ma, Sanja und ich hätten schon vor Stunden gehen können. Wir sind alle drei so erschöpft, dass wir nur noch nach Hause wollen. Uns ist nicht nach Feiern zumute, aber noch können wir nicht gehen. Wir geben letzte Interviews, lassen uns noch einmal fotografieren und posieren mit den anderen Familien.

Beim Aufstellen zum Gruppenbild stellen sich Tony und Prianka neben mich. Wir nehmen Tony in unsere Mitte und unsere Schultern berühren sich. Ein letztes Mal sind wir die Astrokids.

Die nächsten drei Jahre werden wir keinen Fuß auf ein NASA-Gelände setzen. Es sei denn, es passiert eine Katastrophe. Vielleicht wird sich Prianka melden. Vielleicht sehe ich nur ihre Nachrichten in meiner Speakline. Zwischen den Jungs, in die sie sich verliebt und die sich in sie verlieben und ihrem Medizinstudium wird nicht viel Zeit für Treffen bleiben. Aber das ist nicht schlimm. In drei Jahren, wenn wir uns wiedersehen, wird es so sein, als wären wir nie getrennt gewesen.

Was mit Tony wird, kann ich nicht einschätzen. Ich habe das Gefühl, dass ich mich bei ihm melden muss, wenn ich mit ihm reden will. Aber er soll wissen, dass ich für ihn da bin. Es gibt nicht viele, die verstehen, wie man sich als Astrokid so fühlt, und es ist gut, wenn wir uns nicht aus den Augen verlieren.

Bevor der Fotograf auf den Auslöser drücken kann, beugt sich Prianka nach vorn und flüstert mir zu: »Was ist denn mit eurem Timofej? Jesus!«

Ich schüttle den Kopf. »Keine Ahnung.«

»Hat er was gesagt?«

Wieder schüttle ich den Kopf, und Sanja rempelt mich von der anderen Seite an.

»Es geht los!«, schreit der Fotograf, und wir sehen alle nach vorn. Hinter uns wehen die Fahnen der beteiligten Raumfahrtbehörden. Vollständig diesmal. Vor uns gleißen die Gebäude im Licht der Floridasonne. Und irgendein Witzbold schreit: »Käsekuchen!«

Wir grinsen, als wäre das irgendwie genetisch in uns verankert, auf dieses Wort so zu reagieren wie auf den besten Witz, den wir jemals gehört haben.

Danach ist das große Buffet eröffnet.

Aber Ma, Sanja und ich gehen nicht hin. Ma kämpft sich durch die Hierarchien, sie bittet erst, dann fordert sie, bis man uns gestattet, Timofej zu sehen. Es wird noch eine ganze Weile dauern, bis er nach Hause gehen kann. Die Verantwortlichen werden ihn befragen. Die Ärzte werden ihn untersuchen. Die Psychologen werden mit ihm sprechen. Die PR-Leute werden seine Rede für die Presse vorbereiten. Und und und.

Wir werden in einen Raum geführt, der keine Fenster hat, aber nicht düster wirkt. Auf einer großen, bequem aussehenden Couch sitzt Timofej, den Kopf in die Hände gestützt. Er hat seine normale Kleidung an.

Als wir eintreten, sieht er auf. Ma geht schnell auf ihn zu und vor ihm auf die Knie. Sie nimmt ihn in die Arme, und er vergräbt das Gesicht an ihrem Hals. Er schluchzt.

»Ich weiß nicht … Ich konnte nicht …«

»Sch-sch«, macht Ma und streicht ihm über den Rücken. In ihren Armen wirkt er wie ein Kind.

Verlegen blickt Sanja zur Seite. So kennen wir Timofej nicht. *Verzweifelt.*

»Alles wird gut«, flüstert Ma. »Wir kriegen das hin.«

Timofej schüttelt den Kopf. In den Köpfen der Menschen wird er auf immer der Mann sein, der die Rakete verlassen hat. Der die anderen im Stich gelassen hat.

Was wird er in Zukunft machen? Es wird der erste Gedanke eines jeden Menschen sein, den er neu kennenlernt. Wird die ESA ihn behalten? Wird er weiter Astronaut bleiben? Kann er das überhaupt? Will er das noch? Warum ist er ausgestiegen? Hat Pa versucht, ihn aufzuhalten?

Ich habe so viele Fragen an ihn, aber ich stelle keine einzige davon. Nicht an diesem Tag. Dem dunkelsten seines Lebens.

Die Ironie ist: Noch weiß er es nicht, aber er hat unseren gerade besser gemacht. Ich habe ein bisschen ein schlechtes Gewissen, weil ich froh bin, dass er hier bei uns bleibt.

Plötzlich muss ich an das denken, was er mir in den Dünen erzählt hat und dass er mal in Ma verknallt war. Ist er deshalb zurückgekommen? Weil er seine Chance bei ihr gesehen hat. Jetzt, da Pa weg ist?

Aber dann sehe ich ihn, und sein Gesicht ist ganz verquollen vom Heulen. Er heult wie ein Schlosshund und flüstert immer wieder Pas Namen. Ma hält ihn im Arm, und mir wird klar, dass es da nie etwas zwischen ihnen geben wird. Im Grunde lieben sie denselben Mann, nur auf sehr unterschiedliche Weise.

Ich ziehe Sanja nach draußen. Wir können hier jetzt gerade gar nichts machen. Das ist Mas Aufgabe. In ein paar Tagen werden wir Timofej wiedersehen. Er wird vorbeischauen, da bin ich mir sicher. Er wird uns seine Gründe nennen, und wir werden diese ganze Sache irgendwie zusammen durchstehen. So wie wir alles irgendwie durchstehen.

Eine Stunde später sitzen wir zu dritt im Auto. Vor uns die Straße, die auf das große Tor zuführt, hinter uns die Startrampe. Und irgendwo über uns Pa auf seinem Weg zum Mars.

Aber der Gedanke erdrückt mich nicht. Nicht mehr.

Vielleicht war vorher einfach alles zu schwer, denke ich und presse die Stirn gegen die Scheibe. Als hätte die Schwerkraft eines ganzen Planeten an uns gezogen und uns jetzt in eine unbekannte Umlaufbahn geschleudert. Hier in diesem Moment, mit Ma und Sanja in einem parkenden Auto, fühle ich mich tatsächlich ein bisschen so, als würde ich fliegen. In meinem Kopf formt sich schon wieder eine Melodie. Das ist immer ein gutes Zeichen.

»Sanja und ich haben darüber geredet«, sagt Ma plötzlich in die Stille hinein, und ich drehe den Kopf in ihre Richtung.

»Worüber?«

»Seattle.«

Überrascht richte ich mich auf, und auch sie sieht mich an.

Sie hat die Hände schon wieder auf dem Lenkrad, der Autopilot ist ausgeschaltet. Ihre Wimperntusche und der goldene Lidschatten sind verschmiert, weil sie das Gesicht an Timofejs tränenfeuchte Wangen gelegt hat. Sie sieht aus wie ein Waschbär, aber das ist ihr egal.

»Und?«, frage ich und halte die Luft an.

Sie wirft einen Blick in den Rückspiegel zu Sanja, die auf der Rückbank sitzt und die Ellbogen auf unsere Lehnen gestützt hat. »Wir kommen mit.«

Ich drehe mich zu Sanja um, die gelangweilt aus dem Fenster sieht, als würde sie die ganze Sache kalt lassen.

»Ist doch egal«, sagt sie, als hätte ich eine Frage gestellt. Dabei ist es alles andere als egal.

»Deine Schule …«

Sie zuckt mit den Schultern und verzieht das Gesicht. Ich nerve sie schon wieder.

Deshalb drehe ich mich zurück und schaue stattdessen Ma an. »Ehrlich?«

Sie nickt und startet den Motor. »Das ist ein Neuanfang für uns alle. Keiner weiß, was in den nächsten Jahren passiert, und«, sie schluckt, »unser Leben geht weiter.«

Ma klingt nicht überzeugt. Aber vielleicht ist das genau der Grund, warum sie mitkommt. Vielleicht geht sie weniger mit mir *mit*, als dass sie von hier *weg* geht.

»Aber wir ziehen nicht alle zusammen«, mault Sanja von der Rückbank. »Ich hab's satt, dass du immer das größte Zimmer kriegst. Und ich hab keinen Bock, mir die ganzen Kerle anzusehen, die dann bei dir ein- und ausgehen werden.«

»Wäh, du bist eklig«, sage ich, und Ma schüttelt den Kopf. »Von mir aus, sehr gern getrennte Wohnungen. Ich hab auch keinen Bock darauf, nachts immer über den ganzen Mist zu stolpern, den du überall rumliegen lässt.«

Ich denke an Pa und die Mission und daran, dass wir irgendwie unsere eigene Mission haben. Genau wie an dem Abend am Strand. Aber die hier ist größer. Pa ist aufgebrochen, um festzustellen, ob es Leben auf dem Mars gibt. Aber wir beschäftigen uns mit dem Leben hier unten.

»Super«, sage ich und grinse wie bekloppt.

»Super?«, fragt Ma und grinst genauso bekloppt.

Ich nicke, sehe nach vorn und streife mir mit den Zehen die Sandalen von den Füßen.

»Können wir endlich fahren?«, quengelt Sanja, und Ma gibt Gas. Wir rasen auf das Tor zu, und das Gefühl zu fliegen wird stärker.

Genauso wie die Gewissheit, dass wir das schaffen werden. Wir stehen das durch, und alles wird sich irgendwie fügen. Ich glaube ganz fest daran. Genau wie Pa da oben in seiner blöden Rakete.

Der Unterschied zwischen Pa und mir ist am Ende vielleicht nur der: Es gibt Träume, die Menschen zurücklassen, und es gibt Träume, die man mit anderen teilen kann.

ANHANG

SONGS

Ianthes Album - Last Goodbye -

Sharks

My fear is like a shark
circling around me.
It's hungry and growing
in the light of a cold star.

I wish I could be like you,
explore abandoned factories and dance
with monsters in the twilight, but …

My fear is all shades of blue
like an ocean wave.
Dark and wild in freezing depths
where nightmare creatures come for you.

I wish I could be like you,
explore abandoned factories and dance
with monsters in the twilight, but …

My fear will never leave me
like an old woman's curse
while my failing is there
for all the world to see.

I wish I could be like you,
explore abandoned factories and dance
with monsters in the twilight, but …

My fear is so familiar to my heart.
I keep it close to me.
What could I be without
this grim and watchful guard.

I wish I could be like you,
explore abandoned factories and dance
with monsters in the twilight, but …

Visions of the future

You ask me how I feel,
to draw you a picture of the future
but even for me it's still not real.

I'm not a fortuneteller
I can't read the stars.
I'm just a city dweller.

You think I know the secret
to never loosing hope
but I'm just searching with you
and reading monday's horoscope.

I'm not a fortuneteller
I can't read the stars.
I'm just a city dweller.

You say you care about me,
but will you still tomorrow,
beyond the screens,
under a pine tree.

I'm not a fortuneteller
I can't read the stars.
I'm just a city dweller.

Mistress

In the blue light she turns and turns in circles
in her dress of stone and storm
She is a cold lover,
in a dark night born.

[Refrain als Lautfolge]

They say you have to be really loud
to make her understand,
but it doesn't need a word to think
she is the promised land.

[Refrain als Lautfolge]

Her beauty strikes you down
like a virus in your heart.
There is no antidote
for her collecting lives like art.

[Refrain als Lautfolge]

Don't look at her my boy,
I don't want to cry for you.
Please let me hold your hand,
in her light so blue.

[Refrain als Lautfolge]

Last Goodbye

A walk in the park
and I'm suddenly overwhelmed
by this image of you and me.
Me on your shoulders and
our laughter in the wind,
in these days all these years before.

Between sunrise and breakfast, I fly with you.
Between standing up and getting out of a bus, I fly with you.
In the lost minutes between, I fly with you.

Our last goodbye
two hands on glass
in a flurry of camera flashes.
The fear of silence
creeps under my skin
like a much / way too long winter.

Between sunrise and breakfast, I fly with you.
Between standing up and getting out of a bus, I fly with you.
In the lost minutes between, I fly with you.

I feel left behind,
and I dream big myself.
I say to myself: it will be all right.
You can't say you're sorry,
and I can't say, stay with me.
But we will heal
when we see each other again.

Between sunrise and breakfast, I fly with you.
Between standing up and getting out of a bus, I fly with you.
In the lost minutes between, I fly with you.

But I'm not alone,
Even though I no longer know,
what you look like on Christmas morning.
You will stay with me
like our childish hope
and my secret dream of a golden future.

Between sunrise and breakfast, I fly with you.
Between standing up and getting out of a bus, I fly with you.
In the lost minutes between, I fly with you.

Tinyyellowkittycat

Lalalala

I'm the one with the coffee,
you're the one who want's to smoke.
I'm the one running naked,
you're the one with the coat.
Yeah, yeah, yeah. Four in the morning.

Lalala, lalala,
cigarettes and rumpled beds,
lalala, lalala.

I'm the one with the smile,
you're the one in tears,
I'm the one being vile,
you're the one no one ever hears.
Yeah, yeah, yeah. Five in the morning.

Lalala, lalala,
cigarettes and rumpled beds,
lalala, lalala.

I'm the one with the headache,
you're the one who sleeps just fine,
I'm the one who needs a break,
you're the one without a dime.
Yeah, yeah, yeah. Six in the morning.

Lalala, lalala,
cigarettes and rumpled beds,
lalala, lalala.

SACHREGISTER

3D-Drucker

Ermöglicht den Druck dreidimensionaler Gegenstände.

Autopilot

Automatische Steuerung eines Fahrzeugs.

Bodymusic

Musik, die unter Zuhilfenahme von Pillen oder Implantaten gehört wird. Der Begriff baut auf der ursprünglichen Musikrichtung EBM (Electronic Body Music) auf und erweitert ihn. Seit Beginn der 20er-Jahre des 21. Jahrhunderts steht er für diese neue Richtung. Implantate geben Hormone passend zur Musik in den Körper ab. Die Gefühle beim Musikhören werden dadurch drastisch verstärkt. Es gibt auch Ohrimplantate, die den Bass im Innenohr verstärken, ebenso wie Kleidungsstücke, die elektrische Impulse zu Techno-Musik erzeugen. Innerhalb der Bodymusic gibt es verschiedene Richtungen, so z.B. Near-Death-Musik, deren Anhänger sich Implantate einsetzen lassen, die eine Art Nahtod-Erfahrung auslösen. Diese Richtung ist in den meisten Ländern allerdings verboten. Ihre abgeschwächte Variante, die Body-Horror-Szene, die mit Schockauslösern arbeitet, steht lediglich in 14 Ländern unter Strafe.

CNSA

China National Space Administration; zivile chinesische Weltraumorganisation.

ESA

European Space Agency; europäische Weltraumorganisation. 2027 wurde der Sitz von Paris nach Luxemburg verlegt. Im Jahr 2039 sind an der ESA 24 Mitgliedstaaten in unterschiedlicher Form beteiligt.

Fake News

Falschmeldungen, die häufig zu Propagandazwecken verbreitet werden. Oft in den sozialen Netzwerken, aber auch in der Presse.

Fatwa

Die Rechtsauskunft einer muslimischen Autorität auf Bitte eines Fragestellers zu einem religiösen oder rechtlichen Problem. Da es nicht im Sinne des Korans ist, sich mutwillig in Gefahr für Leib und Leben zu begeben, gilt die Marsreise als Selbstmord, der laut Koran verboten ist.

First-Mother-Bewegung

Politische Bewegung, die sich für die Abschaffung der Raumfahrt einsetzt. Der Begriff leitet sich ab von der Bezeichnung *Mother Earth* (Mutter Erde). Die Erde gilt als erste Mutter, also als ursprüngliche Heimat. Die Bewegung entstand in den 20er-Jahren des 21. Jahrhunderts und erreichte ihren Höhepunkt 2034 mit weltweit über 12 Millionen Anhängern und Sympathisanten in hohen Regierungspositionen.

Gated Community

Wohnkomplex, der einen oder mehrere Straßenzüge bis zu ganze Viertel umfassen kann und den nur Menschen mit Zugangsberechtigung betreten dürfen.

Hepatitis-H-Viren

Verursachen eine Entzündung der Leber und können sowohl eine akute Hepatitis als auch eine chronische Hepatitis auslösen. Bis zum Jahr 2018 wurden Hepatitis-Viren A-E entdeckt. Bei den Viren F und G handelt es sich nicht um eigenständige Hepatitis-Viren. Der Virus H wurde 2021 in die Liste aufgenommen.

Hidschāb

Kopfbedeckung. Verhüllung der Frau mit Hilfe eines Kopftuchs.

Ikarus

Griechischer Mythos. Ikarus flog trotz Warnung seines Vaters mit selbst gebauten Flügeln zu hoch. Die Sonne schmolz das Wachs, das die Federn hielt, und Ikarus stürzte ab. Der Name wurde von einer Terroristengruppe übernommen, die

Anfang der 30er-Jahre des 21. Jahrhunderts von Europa aus Anschläge und Protestaktionen leitete.

ISS

International Space Station; die internationale bemannte Raumstation im Erdorbit.

Launch Complex

Startplatz der NASA auf Cape Canaveral in Florida, USA.

Leap Motion

Ein Gerät scannt Bewegungen der Hände und überträgt diese auf einen Computer, der die Bewegungen in Geräusche oder Soundeffekte umwandelt.

Lyocell

Aus Cellulose bestehende, industriell gefertigte Faser. Stoffe aus Lyocell-Fasern sind weich, saugen sehr gut Feuchtigkeit auf und knittern wenig. Umweltfreundlicher, da aus nachwachsendem Rohstoff, nämlich Holz.

Magmag

Meistverkauftes Smartphone der Welt ab 2031 im Bereich Wearables (am Körper getragene Technik, in diesem Fall um das Handgelenk). Vertrieben durch ein indisches Unternehmen. Die Bezeichnung setzt sich aus *magnificent* (großartig) und *magnifying* (vergrößern) zusammen.

Man-Lei Cheung

Chinesischer Regisseur und Comickünstler. Gründer des »Nimble Fingers Animation«-Studios, das 2029 PIXAR als erfolgreichstes Animationsstudio der Welt ablöste.

NASA

National Aeronautics and Space Administration; zivile US-Bundesbehörde für Raumfahrt und Flugwissenschaft mit Hauptsitz in Washington, D.C. und Raumflughafen in Cape Canaveral, Florida.

No-go-Zone

Früher Begriff für militärisches Sperrgebiet. Heute auch für Orte, Bezirke oder Viertel verwendet, in denen es angeblich häufiger als in anderen zu Kriminalität und gewalttätigen Auseinandersetzungen kommt und die öffentliche Sicherheit nicht gewährleistet werden kann.

Notebits

Musikplattform mit dem Anspruch, faire Entlohnung für die Künstler und Sonderangebote für die Kunden bereitzustellen, die 2026 entstanden ist. Bands oder Sänger stellen die Songs selbst ein, die Plattform ist lediglich mit 10 Prozent beteiligt. Außerdem können die Künstler die Plattform für Social-Media-Inhalte nutzen. Es gibt Paketangebote für die Kunden, die die Künstler selbst festlegen können. Vor allem beliebt bei Bands am Karriereanfang.

Quellenprüfer
In Deutschland seit 2023 anerkannter Studiengang. Recherchedienstleistung u.a. für Privatpersonen, Unternehmen, Institutionen und Presse, bei der veröffentlichte Zitate, Behauptungen und Fakten auf ihre Quellen und somit auf ihren Wahrheitsgehalt überprüft werden. Eng verknüpft mit Fake News.

RFID-Tags
Bei der »radio-frequency identification« handelt es sich um Sender-Empfänger-Systeme zum Identifizieren und Lokalisieren von Objekten und Lebewesen mithilfe von elektromagnetischen Wellen.

RFID-Transponder können sehr klein sein und daher unter die Haut implantiert werden. Seit November 2010 finden sie sich auch in den neu eingeführten Personalausweisen in Deutschland.

ROSKOSMOS
Zivile Weltraumorganisation der Russischen Föderation mit Sitz in Swjosdny Gorodok nahe Moskau.

Silver Orb
Tragbares Soundsystem. Bestehend aus Software und Hardware (Ausgabecomputer und Scanner, der im → Leap-Motion-Verfahren Gesten überträgt). Der Scanner erinnert entfernt an einen Reichsapfel (engl.: orb). Das Produkt ist seit

2036 Marktführer. Eingeführt wurde es von einem amerikanischen Unternehmen.

Social Justice

Der Begriff lässt sich lose mit »soziale Gerechtigkeit« übersetzen. Es handelt sich um ein Konzept, das sich damit beschäftigt, gesellschaftliche Ressourcen (materielle, kulturelle, soziale, institutionelle, politische) ungeachtet von Hautfarbe, Alter, Geschlecht, sexueller Orientierung, körperlicher oder geistiger Verfassung und sozialer oder kultureller Herkunft gleichermaßen allen Menschen zur Verfügung zu stellen.

Weltraumvertrag

Alle Aktivitäten oberhalb der 100-Kilometer-Grenze zum All fallen unter den Weltraumvertrag, der von 98 Staaten unterzeichnet wurde. Der Vertrag soll sicherstellen, dass es lediglich eine friedliche Nutzung des Weltraums sowie zivile Raumfahrt und Weltraumforschung gibt. Das Weltall und die Raumstation ISS sind internationales Hoheitsgebiet. Erste Staaten (wie die USA und Luxemburg) haben bereits bis 2018 Gesetze geschaffen, die Lücken in diesem Vertrag für privatwirtschaftliche Zwecke nutzen.

Wohnhabitat

Unterkunft der Astronauten auf dem Mars.